全民微阅读系列

白　　鸦

邢庆杰　著

江西高校出版社

图书在版编目(CIP)数据

白鸦/邢庆杰著. —南昌:江西高校出版社,2019.1
(2024.9 重印)
(全民微阅读系列)
ISBN 978 - 7 - 5493 - 6081 - 9

Ⅰ.①白… Ⅱ.①邢… Ⅲ.①小小说—小说
集—中国—当代 Ⅳ.①I247.82

中国版本图书馆 CIP 数据核字(2017)第 225966 号

出 版 发 行	江西高校出版社	
社 址	江西省南昌市洪都北大道 96 号	
总编室电话	(0791)88504319	
销 售 电 话	(0791)88522516	
网 址	www.juacp.com	
印 刷	北京一鑫印务有限责任公司	
经 销	全国新华书店	
开 本	700mm×1000mm 1/16	
印 张	14	
字 数	180 千字	
版 次	2019 年 1 月第 1 版 2024 年 9 月第 2 次印刷	
书 号	ISBN 978 - 7 - 5493 - 6081 - 9	
定 价	58.00 元	

赣版权登字 -07 -2017 -1200

目录

CONTENTS

心灵的阳光

王建设在这片草丛中藏匿三天了。草丛边缘是公路,公路对面,是一个废弃的荒村,墙上都用红字写着大大的"拆"字。显然,这里将搞开发,到处是荒弃的庄稼和成片的野草。他不敢往远处跑,他觉得火车站、汽车站早就布满了警方的天罗地网。

事情过去三天了,他的头脑也冷静下来了,悔恨像一条毒蛇,撕咬着他……

从妻子对他日益冷淡到不闻不问,他就知道自己的婚姻有了问题,心里已经做好了某种准备。但当他真的看到妻子和另一个男人在他的床上时,他仍然觉得非常意外,他拿起一把水果刀,对忙着穿衣服的两人一阵乱砍!那一男一女惊恐和愧疚的目光,让他一辈子也忘不了。他疯狂地砍!鲜血飞溅,床上、墙上、地板上到处都是鲜红的血……

……太不值了,为了一个背叛自己的女人,把自己弄成了一个杀人逃犯。如果当时能理智一些,适当教训一下这对狗男女,然后离婚,从这场名存实亡的婚姻中走出来,再去寻找自己的幸福……

现在,想这些已经为时太晚了。眼下最现实的问题是,他已经三天三夜没吃东西了,必须找点儿吃的了。

夜深了,村前公路上的车辆已经稀少了,他爬出草丛,悄悄潜入了荒村。

家家户户的大门都敞开着，像为了专门迎接他这位不速之客。他打开打火机，小心翼翼地走进靠近公路的一家。屋门也开着，像张开的一张黑洞洞的大嘴。他轻手轻脚地潜进去，借着微弱的光芒，见屋内一片狼藉。他绕屋里转了一圈，又到厨房搜索了一番，一点儿能吃的东西也没找到。他又进入了第二家、第三家……一直找了五六家，仍然一无所获。他绝望了，正想离开时，忽然听到了一阵微弱的呻吟声。他吓了一跳！村里竟然有人！想拔腿跑时，他又站住了，他想，有人，就有吃的。

他循着时断时续的呻吟声，找到了一处高大的宅院，大门开着，他慢慢走进去，听到呻吟声是从屋里传出来的，有灯光从窗口和门缝里溢出来。

他咳嗽了一声，小声问，请问，屋里有人吗？

一个浑浊的声音传出来，是谁回来了？快进来！哎哟……

他听出是一个老人的声音，大着胆子，推开了虚掩的屋门。

床前的地上，躺着一位头发花白的老人，正努力地翘起头，看着他。

他正不知说什么好，老人焦急地说，快快！快报 120，我胃疼得钻心。

这时，他看到了老人旁边的一摊鲜血。

他下意识地摸了摸口袋里的手机。作为一个走南闯北的业务员，他也算是经多见广，为了不让警方通过手机信号找到他，他出逃的同时关闭了手机。

您这里没有电话吗？

老人摇了摇头，痛苦地呻吟了一声，垂下了头。

怎么办？他问自己。如果打开手机，拨打"120"，警方马上就会锁定他的位置，几分钟就能赶到。

他暗暗叹了口气，转过身，向门口走去。

别走……救救我……老人用微弱的声音乞求着他。

他迟疑地停下了脚步。看老人的样子，应该和他的父亲年龄差不多。

救救我……快点儿……

王建设的心一酸，大滴的泪水淌了下来。他的父亲，就是独自在家时，突发心脏病去世的。事后，他常常自责：当时如果我在他身边，也许……父亲生命的最后一刻，是多么的无助和凄凉呀……

他掏出了手机。

救护车呼啸而至，医生误认为他是病人家属，把他也拉到了医院。

老人是胃穿孔，再晚一会儿，就没命了。他帮着联系病人子女、签字、交钱，忙活了半个晚上，又累又饿，在老人子女千恩万谢的声音中，斜躺在病房门口的连椅上，睡着了。

手机的鸣响把他吵醒时，一缕阳光透过窗子，照在他的脸上，他眯着眼，下意识地摁下了接听键。

是一个他非常熟悉的女人的声音：你回来吧，我们商量一下离婚的事儿。

他吃了一惊，忽然坐起来问，你们没死？

女人说，我们都是……多处轻伤，没伤到要害，我们……对不起你……就没有报警……

女人在电话里抽泣起来。

他像刚刚从一场噩梦中醒来，懵懵懂懂地走出医院的大门。

门外，阳光灿烂，鸟语花香。

白　　鸦

那对白色的乌鸦从空中扑向他的一瞬间，朱老三从梦中惊醒了，直挺挺地坐了起来，脸上、身上全是汗珠子。

窗外，电闪雷鸣，雨声如瀑。

奇怪，好多年前的事了，咋又梦见它了呢？

朱老三翻身下了床，右腿划着半圆，一瘸一拐地走到饭桌前，给自己倒了一杯白开水。

大前年的一天早晨，朱老三起床的时候，右腿忽然就不听使唤了，西医、中医都看了，打了无数针，吃了无数药，大半辈子的积累都花光了，也没治好。

朱老三重新躺到床上，却再也睡不着了，外面的雷雨声倒没影响他，他的脑子里，全是那对白色的乌鸦。

朱老三是个护林员，已经干了二十多年了。护林员的主要职责就是防火防盗伐。盗伐树木是要入刑的，所以，真的敢来伐树的人并不多，最让他头痛的，是那些来砍树枝的半大孩子，他们专瞅他中午打盹的时候，选个离他远一些的地方，猴子一样上了树，专捡手腕粗细的大树枝砍。等他听到动静赶过去时，他们早就拉着树枝跑远了。

那年月，农村穷，老百姓买不起煤，冬天取暖做饭，全靠晒干的树枝这种"硬柴火"。自家的树枝不够烧的，就都打起了集体林场的主意。朱老三原则性很强，他自己决不上树砍树枝，而是用绳钩子把树上已经枯死的树枝钩下来用。这样当然不会收集到大量的柴火，但朱老三还有一个办法：拆鸟窝。一个硕大的鸟窝，足够一家人烧半个月的。这是朱老三的特权，因为鸟窝都筑得非常结实，短时间内是不可能弄下来的，别人都没有机会。

那年冬天，朱老三的儿子刚刚出生，家里那三间四面透风的房子更需要取暖。他就把留了多年的一个最大的鸟窝拆了。那个鸟窝足有一间房子那么大，他从中午一直拆到太阳西斜。拆到最里层时，竟有了意外的收获，里面有四只鸟蛋。他把鸟蛋放在口袋里，就顺着树干溜了下来。

朱老三用地排车把拆下来的柴火运到家里时，太阳已经落山了，整个天空红彤彤的，让寒冷的冬天有了一丝暖意。他正从地排车上往下卸柴火，忽然面前掠过一阵冷风，他下意识地缩了缩头，一只鸟儿贴着他的头皮飞了过去，头皮火辣辣地疼，用手一摸，满手掌的鲜血。他惊恐地抬起头，恰好看见两只白色的影子冲他俯冲下来！他从地上抄起一根木棍，迎面抢了出去！鸟儿惊叫着，留下了几片白色的羽毛，落在了对面的房顶上。是乌鸦，两只罕见的纯白色乌鸦，冲他愤怒地鸣叫！他忽然明白了，下午拆的鸟窝，应该是这两只白鸦的，它们来寻仇了。

那天晚上，他把四只鸟蛋煮了，给妻子补充了营养。两只白鸦在他的屋顶上叫了一夜，吵得他和妻子一夜都没睡好，孩子更是不停地哭叫。第二天一早，孩子发了高烧，请来村里的赤脚医生，折腾了一天，也没让孩子退下烧来。第三天，等他把孩子送到镇上的卫生院时，孩子已经没有呼吸了。妻子当天就精神失常了，几天后在村后的河里淹死了，不知是失足，还是投河自尽。

朱老三把鸟枪装满弹药，开始找那两只白鸦寻仇，但那两只白鸦再也没有出现过。

天快亮的时候，朱老三打了个盹，醒来时太阳已经一杆子高了。

推开屋门，朱老三吃了一惊，门前的水洼里，躺着两只白色的乌鸦。望着曾经的仇家，朱老三竟没有丝毫复仇的快感，而是从心底升起一阵兔死狐悲的伤感：它们也老了，经不起大的风雨了。

他踩着一地的泥泞，走出院子，吃惊地发现，院外的小路上，也躺着十多只死鸟，有燕子、麻雀、啄木鸟……昨天晚上的风雨太大了，无家可归的鸟儿都被风雨打了下来。

把所有的鸟儿都埋葬之后，朱老三的心情变得异常沉重，脑海里不断闪现二十几年来他拆除的那一个个鸟窝，他第一次感觉到，那不但是谋财害命，也是作孽……

朱老三开始行动，是三天以后的事情了。他找出了祖传的木匠家什，伐倒了两棵枯死的榆树，用大锯把它们拆成板子，就开始在护林屋里制造鸟窝。他有祖传的手艺，整个鸟窝，没用一颗钉子，所有的木板都是用卯榫扣起来的，板子之间的缝隙全部用蜂蜡封得密不透风。鸟窝的出口处，上下各安上了一个巴掌大的平板，上面的遮雨，下面的供鸟儿站立。他对自己设计的鸟窝非常满意，就按这个样品，日夜不停地做，困了就睡一会儿，饿了就啃个馒头，喝点开水。一个多月后，他把所有的木板都用完了。他数了数，共做了四十八个鸟窝。

朱老三休息了一天，炖了一只自己养的老母鸡，美美地犒劳了自己一下。

他觉得自己体力恢复了，就扛着一把轻巧的竹梯子，把鸟窝一个一个地安在林场的树上。他的口袋里装着泡透的小米，每安好一个鸟窝，他都撒一把在鸟窝入口的木板上，用以吸引鸟儿来这里安家。

朱老三用了十几天的工夫，才把四十八个鸟窝均匀地安在了林场的各个部位。最远的地方，离护林屋有三四里路。在来来回回的路上，他欣喜地发现，最早安装的几个鸟窝，已经有鸟出入了。

在安装完最后一个鸟窝回来的路上，他忽然觉得有什么地方不太对劲，停下来想了想，却想不出有什么不对劲，就不再想，继续走了几步，才发现，自己的右腿不知什么时候不画圈了，恢复正常了。

他的目光停留在一棵枯死的槐树上，在心里估算着能做多少个鸟窝。

美丽的女教师

有一个月就要中考了，何晓明却整日无精打采。何晓明的爸爸常年在外，妈妈在医院工作，经常值夜班。妈妈上夜班时，何晓明等阿姨（保姆）睡着后，就悄悄地溜到书房上网玩"梦幻西游"。由于晚上睡得少，白天精力不集中，他的功课开始滑坡了，本来就比较差的外语落得更远了。

上着课，何晓明满脑子里都是游戏里的刺激场面，老师讲的他一句也听不进去。回过神来的时候，他就盼望着下课，盼望着放学……课堂上的时间对他来说真是"度日如年"。沉迷在游戏中的他开始幻想：如果不上学，整天在家玩游戏多么好呀！玩个痛快淋漓……可是，他知道这是不可能的，如果他辍学，爸妈还会把他送回来的，那多丢人哪！

星期一早晨，学校开大会，宣布开除了两名学生，那两名学生一个把女老师的后背上甩满了墨水，另一个用打火机把老师的辫子点着了，差点烧成秃子。由此，何晓明忽然受到了启发：对呀，让学校开除自己，那爸妈就没办法了，他们往回送学校也不要了。

对谁下手呢，何晓明费了一番脑筋。班主任李老师？不行，他脾气不好，惹恼了会打人的。想来想去，他觉得外语老师米珊珊最合适，一来是她脾气好，二来，她经常给何晓明的作业打红"×"号。

星期二上午就有两节外语课，何晓明把钢笔水灌得满满的，还准备了一只打火机。

上课了，米珊珊老师一边领读一边慢慢在课桌之间走动着。

当米老师从何晓明的身边走过时，他拧开笔帽，用力朝米老师的背上交叉着甩了两下！

米老师洁白的衬衣上顿时出现一个重重的"×"号！米老师的身子轻轻抖动了一下，停下了脚步。何晓明知道，该发生的事情就要发生了，他的心"咚咚"地跳了起来。旁边的几个同学都惊讶地看着何晓明。仅仅是一瞬间的工夫，米老师又照常往前走去，仍然是一边走一边领读。有几个同学窃窃私语起来……

米老师忽然大声说，上课不准说话！

教室里又恢复了正常。

米老师就穿着那件有一个"×"号的衬衣轻盈地行走在同学们之间。何晓明的眼睛始终盯在米老师的后背上，那交叉着的两行墨水，离他忽而远，忽而近，忽而模糊，忽而清晰，渐渐地，那个黑色的"×"号在他眼前虚化成了一只黑色的蝴蝶,翩翩起舞……

叮铃铃……下课了,那只黑色的蝴蝶不见了,眼前是鱼贯而出的同学们。

这个课间,何晓明坐在自己的位置上,一动都没动,他的内心在期待着、迎接着、煎熬着,焦急、不安而茫然。课间十分钟今天变得这么漫长……

然而,什么都没有发生,上课铃响过之后,米老师准时出现在讲台上,她换了一件红色的上衣,像一团火。

米老师让同学们朗读上节课所学的课文。在同学们抑扬顿挫的读书声中,米老师照例在课桌之间的过道上巡视。

何晓明双手把课本端在面前,目光却从课本的上侧溜出去,偷偷地观察米老师,希望从中发现点儿什么。可是,米老师像什么都没有发生过,自始至终没有看他一眼。何晓明泄气了,看来,上节课的事情白做了。

何晓明把眼睛盯在了米老师的短发上,米老师的短发是往后梳的,在脑后用一根橡皮筋很随意地扎了起来。当米老师在他身边走过时,他迅速地站了起来,把喷着蓝色火苗的打火机放在了米老师的辫梢上!

米老师的辫子被点着了!火苗子沿着辫梢儿向上爬去!何晓明下意识地伸出另一只手,一把将火打灭了!在最后的关头,他还是害怕了,担心真的伤到老师。

米老师回过了头,何晓明! 你想干什么?

何晓明涨红着脸低下了头。

米老师没有再追问他,而是对几个朝这边探头探脑的同学说,看什么? 继续学习!

何晓明在忐忑不安中熬到了下课，又熬到了放学。

同学们都走了，何晓明孤独地在校园里溜达着，等待着惩罚的降临。不知不觉间，他走到了教师办公室的窗外。

不行！一定得严肃处理何晓明！报到校委会，把他也开（除）了！

屋里传出班主任李老师的咆哮声。

接着，是米老师的声音，有些小，何晓明赶紧贴到了窗下。

……这件事还是我自己处理吧，别报校委会了。

要不是几个同学来告状，你连我也不告诉？长此下去，你还有没有当教师的尊严！还怎么管学生！

我个人尊严不碍什么大事，可一旦把何晓明开除了，会毁了他一辈子呀！

就这么算了？

我想周末做一次家访，和他家长沟通一下，共同拉这个孩子一把……

何晓明先是觉得心里一热，接着两眼一热，眼泪汹涌而下。

这个周末放学的时候，何晓明在校门口拦住了米老师，米老师，您什么时候去我家？

米老师颇感意外地看了他一眼，然后绽露出灿烂的笑容说，不去了。

何晓明一愣。

你这几天用行动告诉我，你已经不需要家访了。

何晓明对米老师深深地鞠了一躬。

一个月后，何晓明以优异的成绩考取了本市最好的重点中学。

扎西的菜园子

扎西的菜园子,是来自山东的援藏干部老马帮扶着弄起来的。

老马是省农科院的技术员,来到日喀则地区后,在农业局当技术顾问,种菜是行家里手。

扎西本来对种菜不感兴趣,他已经习惯了祖祖辈辈传下来的放牧生涯。可他看到老马什么都亲自下手,从翻地、施牛粪、扎棚、育苗,都盯在菜地里干,就不好意思推辞了,扎西一不好意思,干起活来就特别卖力气。

一个多月下来,扎西的菜园子就郁郁葱葱了。老马一样样指给扎西:看,这是西红柿,这是辣椒,这是茄子……

扎西小的时候,他父亲曾收留过一个汉族的流浪汉,那个男人在他家里住了三年,小扎西天天和他黏在一起。所以,扎西从小就能听懂汉话。这也是当初要选他为帮扶对象的原因。

一转眼,就要过中秋节了,老马休假回山东。临走,他对扎西详细交代了管理菜园子的方法。

回到家后的第二天中午,饭后,老马斜歪在沙发上正看电视,手机响了。他接起来,就听到扎西急促的声音,马顾问!马顾问!你快快来吧!出大事了?

老马的脑袋"嗡"一下就大了。在少数民族地区工作,他脑子里始终紧绷着一根弦,唯恐哪里出了闪失引发民族问题。

老马定了定神说,扎西,别着急,慢慢说,哪里出事了?

是、是菜园子,菜、菜出事了! 扎西由于激动,有些语无伦次。

老马一听,放下心来,心想:菜能出什么事儿?

扎西紧张的声音又传过来,毒药,全是毒药,您快来吧! 吓死人了!

老马刚刚放下的心又提了起来,毒药,难道有人投毒?

扎西说,我也不知道是什么毒药,全是红的,一大片一大片的,您还是快点来吧! 我们一家都不敢在菜园边住了。

老马一听,这个问题严重了,现在,他们这个援藏点上的技术人员都回来过节了,只有自己跑一趟了。

老马坐飞机赶到日喀则,又坐车来到扎西所在的牧区时,已经是第二天的下午了。

扎西穿得像一头棕熊,正在路边上等着,见了老马,拉着他就往菜园子跑。

来到菜园子门口,扎西不敢往里走了,他指着里边,战战兢兢地对老马说,那里,就是那里,全红了,像血一样红。

老马只看了一眼,就有种想哭的感觉。

那一片红,是刚刚成熟的西红柿。

想到自己大过节的赶了几千公里路奔到这里,只是因为西红柿成熟了,他就有些生气。但他转念一想,这不能怪扎西,西藏这个地方,因为自然条件恶劣,以前除了萝卜土豆,根本就没有别的蔬菜,扎西从来没有见过成熟的西红柿,这是很正常的。恐怕,大多数生活在偏远牧区的藏族同胞,都没有见过像西红柿、黄瓜、茄子等内地司空见惯的蔬菜……想到这里,他感觉到鼻子酸酸的,心里沉甸甸的,觉得肩上的担子更重了。

全民微阅读系列

他拉过扎西的手说，扎西，跟我来，这不是毒药，这是世上最美味的蔬菜。

老马摘下一个大大的西红柿，用衣角擦了擦，狠狠地咬了一大口，然后又摘下一个递给扎西说，你尝尝。

扎西看了老马一眼，他相信老马不会骗他的，就学老马的样子，狠狠地咬了一大口！

顿时，扎西瞪圆了眼睛说，好甜！这是糖菜呀！

扎西的菜园子丰收了。

扎西一家吃不了，就到处送人。

老马知道后，给他打电话说，扎西！帮你种菜，不是送人的，你要去卖，以后，这就是你的一项家庭收入。

扎西惊讶地说，卖？怎么卖？卖东西多丢人！

老马知道，传统的藏民，现在还保留着以物易物的习俗，他们还不习惯用人民币来交易。

老马就耐心地对扎西说，扎西，这些东西都是你花力气种出来的，还有大棚、种子等成本，别人拿去吃，给你报酬是应该的，就像你拿牦牛皮去换青稞一样。

在老马的说服引导下，扎西终于答应去卖菜了。

老马帮着扎西把已经成熟的西红柿、茄子、黄瓜摘下来，放在几只篓子里，然后绑在了两头牦牛背上。

扎西要出发了，老马问，你不带秤吗？

扎西一愣，秤？秤是什么东西？

老马笑道，秤是称分量的，没有秤，你怎么按斤收钱？

扎西摇摇头说，这个你不用管，我们藏民，良心就是秤。

扎西骑着马，赶着两头牦牛走了。离这里二十多里的地方，有一个小小的集市。

老马望着他宽厚的背景，心想，这些菜，按斤论价，怎么也得卖个百儿八十的，不知道这个憨家伙能不能卖到钱。

老马钻进了菜园子门口的帐篷里，他要等扎西回来。

一觉醒来，老马看了看表，已经下午六点半了。现在是九月下旬，在内地，这个时间天已经擦黑了，而在这里，太阳还有几十层楼那么高，远处的雪山在阳光下烁烁生辉。

老马走下山，远远地，就看到扎西赶着两头牦牛回来了。

看到老马，扎西忽然兴奋了，他不管那两头牦牛了，打马快跑着赶到老马面前，身姿矫健地跃下马背，有些激动地说，马顾问，钱，卖到钱了。

说着话，他从怀里掏出了一把纸币，炫耀般，双手捧到老马眼前。

老马一看，这些钱有五十元的、二十元的、十元的、五元的……大约得三百多块。

老马迟疑地问，这都是今天卖的钱？

扎西拍拍胸脯说，是的，都是今天卖的！

老马禁不住好奇，小心翼翼地问，扎西，你没有秤，怎么收钱呀？

扎西说，菜就放在地上，谁喜欢哪样菜就拿走，拿多少都行，钱也是随便给，给多少随心……

老马心里一动，茫然地看着扎西问，这就是你说的，藏民的良心秤？

扎西重重地点了点头说，对！良心！

老马看着这个一脸汗水和灰尘的藏族兄弟，耳际忽然飘过一句他无意中听过的藏族民歌："……布达拉宫顶上的白云，是扎西哥哥纯洁的心……"

老马的眼睛湿润了。

追 杀 令

一

剑无血是在花李镇的"龙家客栈"发现花英杰的。

剑无血在镇街上买了一块牛肉,半斤烧酒,然后倚在龙家客栈门口的一棵银杏树后,咬一口牛肉,吃一口酒,耐心地听着花英杰和手下人行拳猜令的声音。他想,这是花英杰在世上最后一天了,应该让他乐一乐。风雪正紧,北风狼嗥般在镇街上打着旋子,搅得地上的枯叶随风飘荡。粗壮的银杏树也被吹得"瑟瑟"抖动,偶尔有枯枝脆响着落入尘埃。

二

花英杰是江洋大盗,杀人放火奸淫掳掠,已为世间一害。因他武功较高,尤以轻功见长。多年来,官府一直摸不着他的行踪。有数十个武林侠士想为民除害,却都死在他的手里。五天前,武林盟主厉正风召集天下豪杰,对花英杰下了江湖追杀令,并指派以剑无血为主的六名高手,追杀花英杰。

剑无血感觉很意外,紧紧盯着厉正风的眼睛问,为什么非要我去?

厉正风苦涩地笑了笑说,我已老朽,你的短剑独步武林,除了你,谁也不是他的对手。

见剑无血无语,厉正风叹了口气说,去吧,杀了他,武林盟主就是你的……

三

追杀行动的第一天,没有找到花英杰的一点儿行踪。天黑后,他们进入了一个小镇,在客栈住下了。睡至三更天,剑无血忽然被房顶上细微的声响惊醒,他提气翻身,在窗口飞跃而出!

房顶上站着一个人,蒙着面。

剑无血纵身跃上房顶,蒙面人忽然像一片树叶般飘然而去,霎时离开了他几十丈远。剑无血心下一凛:了不得的轻功!他提气追了上去。眨眼间,两人来到一个陡峭的山峰,蒙面人幽灵般转过山峰就不见了。他感觉有异,急忙返回客栈,远远地,就看到客栈已经变成一片火海……和他同来的五名高手,全部被烧成了焦炭……

四

天擦黑时,花英杰等人相拥着出了客栈。这时,剑无血身上已经积了厚厚的一层雪,但他的脸上没有一片雪花,所以当花英杰看到他时,立即就清醒了。

十几个汉子瞬间围在了剑无血周围。

剑无血说,我只杀花英杰一个。

花英杰惨然一笑说,你们救不了我,各自逃命吧。

剑无血抽出了短剑,横在胸前。

大家都静了下来,看着传说中的这把所向披靡的剑。真正见过这把剑的,都死于剑下了,活着的人都没见过这把剑。此刻,这把剑就在风雪中映着冷光,寒风夹带着雪粒子击打在剑刃上,发出"叮叮"的锐响,像死神在对着众人冷森森地笑。花英杰的人都感觉到天忽然冷了许多,也暗了许多,忽然发一声喊,四散逃奔而去!

剑无血冷冷地说,你先出招吧!

花英杰紧紧盯着剑无血的眼睛,缓缓地摇了摇头问,非要这样吗?

话音未落,他一扬手,一道寒光直袭剑无血的咽喉!这一剑事先毫无预兆,而且身法、剑法配合得天衣无缝。他不是跃到剑无血身边的,而是像轻烟般飘过去的,地上积雪数尺,竟连一丝一毫的痕迹都没有。

"当"的一声脆响,花英杰的长剑已被一股凌厉的剑气荡开,同时,剑无血的短剑闪电般抵在了他的咽喉上!

这一荡一抵,一气呵成,巧得精妙绝伦,快得如同电光火石。

花英杰呆了。他早就知道自己不是剑无血的对手,只是没想到,在他面前连一招都过不了。

花英杰小声问,你就不能放我一马吗?

剑无血摇了摇头。

花英杰又说,那天晚上,如果不是我把你引开,你早葬身火海了。

剑无血摇了摇头,蹦出冷硬的两个字:未必。

同时,剑尖下划,在他膻中穴点了一下,花英杰就慢慢地瘫在了雪地上,没有流出一滴血。

五

第二天一早,剑无血在花李镇东边,选了一个向阳的山坡,把花英杰葬了。

剑无血双膝跪在花英杰的坟前,磕了三个响头后,仰天狂啸:苍天啊!这是为什么——

血光飞溅,他竟横剑自刎!鲜血喷洒在雪地上,红白相映,十分醒目,万分惨烈!

江湖人都知道,剑无血原名花英雄,是花英杰的亲生兄弟。

归 去 来 兮

临出门时,徐勇却用异样的目光看着王娜,王娜红着脸低下了头,她太熟悉他的这种目光了。

快走吧,都什么时候了!王娜用力推了徐勇一把。

徐勇却抓住她的胳膊往怀里一拽,把她抱了起来,然后就往卧室里走,任凭王娜怎么挣扎也没用。

折腾完了,两人也顾不上休息,整理好衣服,提着昨晚收拾好的行李就上了街,汇入浩浩荡荡的返乡人流中。

两人是在同一个饭馆打工认识的。徐勇是厨师,王娜做面案,接触后一聊,两个人竟然是同一个镇上的,两个村离得还不远,这在北京,应该是最近的老乡了。天长日久,两颗寂寞的心越靠越近,最后住到了一起。

今天是腊月二十五了,正是返乡潮的高峰期,幸好,徐勇早就连夜排队买好了票,两人顺利地上了火车。

中午,列车员推着售货车叫卖盒饭。王娜摸索着想掏钱,被徐勇一把摁住了,徐勇说,走,咱去餐车。

王娜叱道,挣俩钱烧的吧?家里用钱的地儿多着呢。

徐勇不由分说,强拉硬拽,将王娜拉到了餐车上,找了个没人的桌子,两人面对面坐下了。

王娜还在嘟囔,花这个钱干吗?咱是啥身份……

徐勇不理她,点了两份68元的套餐,还要了四罐啤酒。

付款时,一听说啤酒要12块钱一罐,王娜惊叫道,这么贵呀!要两罐吧,你自己喝。

徐勇把打开的啤酒重重地蹾在她面前说,傻妮子,咱就当提前过年了!

"傻妮子"是徐勇对她的昵称,她的眼光柔和起来,顺从地端起啤酒喝了一口。

两人边吃边喝,四罐啤酒很快就喝完了。当徐勇提议再要两罐时,王娜笑着点了点头。

下午三点,他们在县城下了火车。他们的镇子离县城还有五十多里路,还得去汽车站坐车。在去汽车站的问题上,两人又发生了小小的争执,徐勇雇了一辆电动三轮,要20块钱。王娜死活不干,她主张步行,反正就一里多地,花这个钱太冤枉了。徐勇依了王娜,两人肩扛手提,路上又歇了一下,到汽车站时,恰好赶上三点半的那班车。

汽车出了县城,驶上了乡村公路。这几年交通部门管得严,车上每人一座,比较宽松。王娜扶着行李架站起来,在行李架上的包袱里摸出了几个香蕉,她先剥了一个递给徐勇,嗔道,中午光喝酒了,菜没怎么吃,饿了吧? 徐勇接过香蕉,一口咬下半截,小声说,真甜。

到达镇上时,已经傍晚了。徐勇刚下了车,就有一个胖胖的女人欣喜地迎过来,一边接过行李一边说,累了吧?

徐勇把目光往周围一扫,看见王娜把两个大行李放在一棵枣树下,正目光潮湿地看着他,不由得心生眷恋。

胖女人推了他一把问,看什么呢? 这么魂不守舍的!

说着话,胖女人顺着徐勇的目光看过去,只看到枣树下一个女人的背影。

胖女人是开着电动三轮来的,她把行李全弄到车后斗里。

徐勇收回目光,心想:反正过了正月十五,我们还得回北京的那家饭馆,还要在一起。就转身迈上了三轮车的后斗,坐在了行李上。

三轮车抖了一下,慢慢开动起来,越来越快。

王娜在树下的影子越来越小。

徐勇知道,过不了一会儿,王娜的老公就会来接她回家。

他想象着王娜和她老公回家后的情景,目光迷离起来……

心中的初恋

男人经常在这条小巷尽头的树林里徘徊。

男人来的时间一般是下午下班之后,西阳夕沉的时候。他步行来到小巷尽头的这片树林里,或静静地倚在一棵树上,或在一个很小的范围内转悠,眼睛时不时地向静静的小巷里扫上几眼。

男人来这里,是温习初恋的。

这片小树林,是他初恋的地方。那时,他每天傍晚来到这里,从怀里取出一支短笛,轻轻地吹一首曲子,那个女孩就会出现在小巷里,然后,跑到树林里和他见面。那个女孩并不是特别的漂亮,但很清纯,两只眼睛非常秀气,一笑,还会露出两颗好看的小虎牙。那时,男人只要看到她,心里就有被一种说不出的甜蜜和快乐。男人从来不舍得碰女孩子一下,就满足于面对面地站着说话,当时说了些什么,男人已经不记得了。其实,说什么都是无所谓的,只要那个女孩子站在他对面,就是最美的时光。

两人最终没能走到一起。女孩村里的地被县里的一家大企业征用了,扩建了一个新厂。作为交换,女孩要和本村里的很多女孩被招工,从一个城边村的农民成为吃商品粮的非农业户口的工人。而男人的村子离城很远,永远只能是农民。那是 1988 年,当时,如果一个有残疾的男性工人,在城里找不到对象,而放眼农村选择的话,他可以随意挑选,会娶到一个非常漂亮的女人。这就是当时巨大的城乡差别,也是男人和女孩巨大的身份差别。

女孩的父母坚决反对两个人的事,男人的笛声再也引不出女孩的身影了。

女孩进了工厂后,很快就有了众多追求者。

女孩很快就嫁人了。

男人苦苦地一个人生活着,他在等,但连他自己也不知道在等什么。

在重重压力之下,男人在三十多岁的时候和一个高不成低不就的老姑娘成了家。两个人只在一起生活了两年,就平静地分开了。那老姑娘讨厌男人总是魂不守舍的样子。而男人也无法忍受老姑娘那古怪的脾气。

这些年世道已经变了，不但城乡差别缩小了，农民进城打工也易如反掌了。男人在城里找了一份工作，租了一间房子，远离了村里的流言蜚语。

在别人的眼里，男人就这么孤苦伶仃地一个人生活着。

但男人也有自己的乐趣。

男人的乐趣，就是在下班后，来到初恋的地方，回忆和女孩在一起的分分秒秒，回忆女孩那清纯的笑脸，那秀气的眼睛，还有可爱的小虎牙。男人觉得，世界上任何人也想不到，一个人可以靠甜蜜的回忆来感受幸福。

有一天，男人正沉浸在回忆中时，女孩出现在他的面前。女孩已经是女人了，她回娘家看望父母，意外地看到了男人。

男人有些激动，也有些尴尬，还夹杂着些许害羞。

女人很诧异，问男人来这里干什么。

男人不想说，也不好意思说，但经不住女人再三的追问，只好说了。

女人哭了。她倚在一棵小法桐树上，哭得连树都颤动了。女人已经微微发福，小肚子有点儿鼓，眼角有了深深的皱纹，眼泪把眼霜和口红都弄在了脸上。女人从包里掏出湿巾擦了擦脸，然后对男人说，跟我走。

男人问，去哪里？

女人说，甭问，上车。

男人上了女人开来的车。

女人把男人带到一所房子里，然后女人一把抱住男人说，我对不起你。

男人赶紧挣扎着说，你干什么？

女人说，别害怕，他不在家，他嫌在企业挣钱少，去南方做生意了……

此后，每隔几天，女人就约男人来家里幽会。

但是，男人并没有得到以前的乐趣。男人越来越深地感觉到，这个女人和以前的那个女孩已经变成了两个人，没有什么关系了。而且男人再想那个女孩的时候，能想到的全是这个女人白花花的肉体，她把以前那个清纯女孩给无情地覆盖了。

男人开始拒绝女人的约会。

男人远离了那个女人之后，又能想起那个初恋时的女孩了：清纯的笑脸，秀气的眼睛，好看的小虎牙。

女人疯了般找男人，后来，她还是在这个树林里找到了男人。

男人说，求求你，放过我吧，你已经伤害过我一次了，不要再把我心中的初恋夺走了。

女人终于哭着走了。

韩 信 回 乡

公元前202年，韩信被封为楚王，带兵回到淮阴。

人马全部安顿好后，韩信决定抽点儿时间办点私事。

他先想的是报仇，把当年那个羞辱他的屠夫碎尸万段。

那一天，韩信带着几个随从，来到那个屠夫家里。屠夫早就知道当年他胯下的"小儿"已经被汉王拜了大将军，先封了齐王，又封了楚王，如今是汉王的重臣了。自从韩信的大军进了淮阴，他就一直惶惶不可终日。

韩信一进他的院子,屠夫就从屋里跑出来,跪趴在尘土里。

看着当年让自己蒙受了奇耻大辱的仇人,韩信恨得牙根都痒痒,一时竟不知道怎么杀他才能解心头之恨。要知道,就因为受了这个人的胯下之辱,韩信的求职之路多费了多少周折呀!不但项羽瞧不起他,刘邦起初也因为此事瞧不上他,若不是萧何拼死力荐,弄不好韩信至今还是无业游民。更加可气的是,即使现在韩信已经贵为大将军、楚王了,一些敌人和对立派,还动不动就拿他当年钻裤裆的经历作为把柄,残酷地打击他、刺激他。

这个屠夫,给韩信的人生打上了一个终生无法消除的耻辱烙印。

怎么弄死他才解恨呢?

韩信正这样想的时候,就见屠夫的门口,有个女人露了一下头,接着缩了回去。虽然只有惊鸿一现,但那个女人的清丽还是被韩信收在了眼底。

韩信大喝一声,什么人敢偷窥本王?出来!

那个女人哆哆嗦嗦地出来了,跪在了韩信脚下。

韩信在内心深处赞叹了一声,真是国色也。

韩信问,你是什么人?

屠夫接过话来说,回大将军,这是内人。

就在这一瞬间,韩信忽然改变了主意。

韩信忽然笑了,笑得非常灿烂。

韩信说,你们都起来吧,若非当年所赐胯下之辱,岂有今日之韩信?韩信此来,并非寻仇,而是报恩,这样吧,你也不用再杀猪了,就到我帐下效力吧。

韩信让屠夫在他手下当了一个中尉。

此后的几天,韩信不理军务,每天都到那个屠夫家串门,门口有四个护卫守着,不让别人进来。

每日,韩信都和那女人说些打仗时发生的一些奇闻趣事,女人听得很高兴,每日里敬茶倒水,眉目含情。而韩信却严守君子之道,不曾越雷池半步。

有一天,屠夫回家,却被韩信的护卫拦住了,在门口足足等了一个时辰,才见妻子满面春风地送韩信出来。

韩信走后,屠夫质问妻子,大将军和你在屋里做了些什么?

妻子如实回答,大将军只是喝茶说笑,未曾做过什么。

屠夫不信,却又不敢拷问妻子,怕韩信知道了降罪。

第二天,屠夫就求见韩信,跪在地上说,内人承蒙大将军垂青,如将军不弃,小人愿将她献与大将军。

韩信大怒,喝斥道,你当我韩信是霸人妻眷的恶人吗?

屠夫便不敢再言。

那一段时间,韩信的大军一直在淮阴休整,没有战事,军务也不繁忙,他就频频地去屠夫家串门。

屠夫感觉到周围的人开始视他为异类了。不但是军内的将士,就连处了几十年的街坊邻居也向他投以鄙视的眼光。有一天,他手下的一名军士喝醉了酒,竟然将一顶绿帽子直接扣到了他的头上。

这屠夫也是一条响当当的汉子,哪曾受过这样的侮辱,就和那军士打了一架,不想那军士看似弱小,却是久经沙场的老兵,游刃有余地将他戏弄着打了一顿,他只好在众人的嘲笑声中灰溜溜往家走去。

屠夫到了自家门口,护卫却不让他进。争执之下,几个护卫又将他摁在地上暴打。偏偏在这时候,他的妻子又满面春风地将韩信送了出来。

屠夫多年来一直称霸市井，如今在妻子面前被打得狼狈不堪，悲愤交加，当晚就抑郁而亡。

就这样，韩信把他的仇人给窝囊死了，从此再也没有登过他的门。

韩信接着又去寻找当年多次周济他的"漂母"报恩。几经周折，他终于找到了当年经常拿食物给他吃的那个女人。

不想，那女人不搭理他，对他奉上的金银也不屑一顾，说是当年周济的人很多，早就忘了韩信是谁了。

当年食不果腹的市井混混韩信，自被汉王拜了大将军，早已名满天下，更被淮阴人引以为豪，淮阴上至官宦士绅，下至平民百姓，有哪个不知？

漂母竟不屑一顾。

这让韩信非常郁闷。

霸王别姬的真相

"霸王别姬"的故事已经误传两千多年了，赚取了很多痴情男女的眼泪，也使虞姬成为对爱情忠贞不二的千年典范。更重要的，是令项羽的英雄形象更加饱满，增添了这个男人更大的魅力。能有一个漂亮的女人甘心为自己而死，从某种意义上说，是男人最大的成功，英雄项羽，是更加需要这么一个女人的。

其实，项羽是虞姬不共戴天的仇人。

项羽在随叔父项梁起事后不久，就偶遇惊艳绝伦又才艺超凡的虞姬，顿心生爱慕。但虞姬的父亲是个读书人，看不起项羽这个莽撞的武夫，一再阻碍女儿和他来往。最终，他激怒了项羽，被项羽安排部将乔装改扮后灭了门，当然，唯一留下来的，就是虞姬。至于传说中的虞姬的哥哥虞子期，本是个不存在的人物，他是明代小说家甄伟在其作品《西汉通俗演义》中虚构出来的，和龙且、英布、季布、钟离昧并列为项羽的五大将。而后四位《史记》均有记载，只有虞子期，仅出现在项羽兵败自刎1700多年后的小说里。

虞家被灭门之后，虞姬就被项羽强行留在身边。虞姬因怀疑全家被杀惨案就是项羽干的，为查出事情的真相，就顺从了项羽。几年之后，虞姬从项羽的近侍口中偶然得知，自己以前的猜测是正确的，就一直想找机会刺杀项羽为全家报仇。但因项羽武功盖世又机警过人，屡次不能得手。项羽明白虞姬已经知道真相，就将那个部将当着她的面杀了，以期得到虞姬的原谅。而虞姬的恨始终难以消除。项羽爱慕其才艺及美色，既不忍杀之也不舍弃之，就仍然将她留在身边，只是多了几分警惕。

公元前202年，项羽兵败垓下，被刘邦数十万大军围困，内无粮草，外无救兵，四面楚歌使得军心涣散，八千子弟兵也作鸟兽散。项羽情知大势已去，江山美人，将要沦落他手。不由悲感交集，仰天长叹："力拔山兮气盖世，时不利兮骓不逝。骓不逝兮可奈何，虞兮虞兮奈若何！"这几句诗译成白话就是："力能拔山啊豪气压倒一世，天时不利啊骓马不驰。骓马不驰啊怎么办，虞姬啊虞姬我该怎样处理你啊？"一代英豪，在其雄图伟业灰飞烟灭，穷途末路之际，还要为一个女人的如何结局愁肠百结，足见项羽对虞姬爱恋之深。而在一旁冷眼旁观的虞姬明白，无论项羽如何爱她,也是不会让她活着离开的。她太了解项羽了,这是个惜名不惜命的家伙,把面子看得远比性命重要。他自然不会把自己的女人留给刘邦那个好色之徒,那样比杀了他还要耻辱万分。

但是,虞姬不甘成为项羽的陪葬。她忍辱偷生留在楚营,本来目的是刺杀项羽报血海深仇,结果仇未报成,却陪他殉葬,这也太冤枉了。

虞姬的使女中,有一个叫"月娘"的,原是秦国贵族之后,秦被灭后,家破人亡,沦落街头。虞姬偶然在街上遇到她,觉得此女气宇不凡,就收留她在身边。一经相处,才知这月娘也是一代才女,琴棋书画无所不精,她对虞姬的收留感激不尽,悉心伺候,久之,与虞姬情同姐妹。

月娘早已知晓虞姬和项羽之间的爱恨情仇,对虞姬当下的处境一清二楚。在项羽垓下突围的前夜,自愿化妆为虞姬的样子麻痹项羽,让虞姬先行脱身。虞姬开始不忍,后月娘再三表示自己有脱身良策,这才乔装成使女的样子,乘夜色逃离了楚营。

深夜,项羽巡营回来,一眼就看出了端倪。他对虞姬的熟稔,不但是容貌和身姿,就连气息、走路的声音也已刻骨铭心,别人即使穿上她的衣服,戴上她的头饰,如何能骗得过他?项羽当时的盛怒可想而知。但项羽最终没有发作,思前想后,他还是要维护自己的面子,如果让世人知道,他最心爱的女人在危难时刻离弃了他,教他如何能瞑目?那他伟大的一生,在最后将蒙上阴影,为后世留下笑柄。

项羽索性就陪着月娘演下去。

项羽抱起酒坛,一通狂饮。月娘做出虞姬的样子为项王舞剑助兴。

酒醉时分,项羽想起和虞姬在一起的日子,不禁涕泪长流,又反复吟诵"……虞兮虞兮奈若何！"

那月娘边舞边和："汉兵已略地，四面楚歌声，大王意气尽，贱妾何聊生？"

后来，这几句诗也被当作虞姬所作，流传了下来。

当时，项王大惊：这女子竟有如此才学？待要上前近观时，月娘已经横剑自刎，恰好歪倒在项羽的怀中。

项羽惊道，我本无意杀你，何苦如此？

月娘莞尔一笑，妾身这虞姬是假，但爱慕大王之心，日月可鉴。

说完，月娘含笑而终。

项羽这才明白，这个秦国才女一直暗恋着自己。

第二日，项羽自垓下突围，后被追至乌江岸边，还是因为他的面子问题，死都不肯上船逃生，自刎而亡。

刘邦和虞姬有数面之缘，对她的美色一直心向往之。项羽自杀后，他就差人在战场上搜寻虞姬，活要见人，死要见尸，可一直没有结果。但是不久，有人就在灵璧发现了"虞姬墓"，报与刘邦，刘邦竟冒天下之大不韪，秘密差人开棺验尸，结果，那竟是个空冢。

刘邦坐了天下后，就忙着收拾异姓王侯，以巩固自己的政权。同时，他也一直没有放弃对虞姬的寻找。他派出了一批又一批的人，但人海茫茫，始终没有寻到虞姬的芳踪。

虞姬就这样消失在历史的尘埃中。

钟离昧之死

钟离昧的死和一个漂亮的女人有关。

项羽帐下的五员龙虎上将，除虞子期是虚构的人物外，其余有史载的四人，至项羽兵败乌江自刎后，只剩下了季布和钟离昧。此前，英布投靠了刘邦，龙且战死。

季布和钟离昧都曾是威风八面的将军，这一下成了丧家之犬，在刘邦不依不饶的通缉下东躲西藏，奔命于江湖。但刘邦最终赦免了季布，并封他做了郎中。在楚汉时期，这个官职仅次于丞相、侍郎和尚书，可谓重用。

而刘邦始终没有放弃对钟离昧的追杀。史料称，刘邦痛恨钟离昧，是因他对项羽最为忠诚，且多次在楚汉战争中痛击汉军，还亲自追杀过刘邦。其实，在长达四年的楚汉战争中，季布对汉军的打击并不在钟离昧之下，他曾多次将刘邦逼入困境。若论他对项羽的忠诚，更比钟离昧有过之而无不及。季布的忠诚守诺，在楚国家喻户晓。否则，楚国也不会留下"得黄金千两，不如得季布一诺"的千古美谈。

刘邦恨极了钟离昧，主要是因为虞姬。

项羽自尽前，楚军已作鸟兽散，项羽身边最后只剩下了二十八个骑兵将士，最后都倒在了乌江之畔。而钟离昧之前就在垓下突围过程中被乱军冲散。他知道越往战场的外围走，人就越为稀少。于是打马扬鞭，一路厮杀着逃离了战场。后来，他在离垓下三十多里的地方发现了虞姬。虞姬在垓下突围前夜就乔装打扮成使女，离开了楚军大营，后乘楚军突围之乱跑了出来。

这时的虞姬已经筋疲力尽，她看到钟离昧的一刹那，紧张的心情放松了，当即就晕了过去。

钟离昧将她抱上马，然后飞快地向楚地急驶而去！

钟离昧找了个僻静之地将虞姬安顿好，就投奔了韩信。

刘邦对虞姬一直存有单相思之恋，在战场上没有找到虞姬的尸体，猜想她尚在人间，就先后派出了好几拨人暗暗寻访。钟离昧见势不妙，就找到了几个残部，在灵璧造了一座"虞姬墓"，想造成虞姬已死的假象。不想那混混出身的刘邦根本不吃这一套，他命人打开了墓穴，证实那是座空冢后，更加坚定了虞姬仍在人间的信念。

后来，有人告诉刘邦，是钟离昧护送虞姬离开的战场，那座空冢，也是钟离昧命人建的。这一下刘邦把钟离昧都恨到骨头里了，就加大了对钟离昧的搜捕力度。

不久，刘邦探得钟离昧在楚国，就藏在韩信家里，大为光火。他写信将韩信狠狠地责骂了一番后，限期让他交出钟离昧。

对于汉王的责问，韩信采取了死不承认的态度。同时，他力劝钟离昧交出虞姬，争取博得刘邦的欢心，也像季布一样，谋个一官半职的，更重要的，是不用再像只耗子一样东躲西藏了。再说了，也犯不着为一个不属于自己的女人把性命和前途搭上。

但是钟离昧不干，他绝不允许像虞姬这样的尤物落入刘邦那个病恹恹的色鬼手里，那样不但亵渎了天人，也对不起九泉之下的西楚霸王。

韩信只得作罢。

但刘邦却不罢手。他用了陈平的计策，托辞去游览云梦泽，召韩信来见。

韩信感觉到事情不妙，去了，会有危险，不去，抗旨的罪过他也担不起。

于是，韩信再次劝说钟离昧献出虞姬，以保两人平安，两人为此发生了激烈的争吵。

见钟离昧死不开窍，韩信威胁他说，要派人在楚地搜捕虞姬。

钟离昧大怒之下，拔剑自刎。

钟离昧用自己的命，保全了虞姬，也给韩信扣上了一顶不仁不义的帽子。

韩信虽用钟离昧的脑袋暂时保全了自己的脑袋，却被贬为淮阴侯，最终，他也没能逃脱命运的安排，死在了一群女人手里。

而虞姬不知所终。

风　流　记

赵某，小型企业老板。

一日，忽然心血来潮，坐飞机去南方 B 城大学看望正攻读经济学的孩子。

下飞机时，天已傍黑。飞机场离市区还有近一个小时的路程，遂决定先找几个生意上的朋友潇洒一晚，明早再去 B 城大学。

在出租车上，一番电话联系，待到市区时，已经有三个老友等在酒店里。

吃饭时，菜极高档，但南方人却不善饮，也不劝酒，饭局很快结束。

四人来到一洗浴中心，决定狂欢一夜。

四人各进了包间，服务生即安排"选台。"

一阵杂乱的脚步声过后，十几个袒胸露背的小姐鱼贯而入，在赵某面前站成一排，同时鞠躬道，先生晚上好！然后，抬起头来，供他挑选。

赵某瞪大了眼睛，从左至右，挨个"扫描"。众小姐无不面带讨好的笑容，殷切以及热切地望着他。但却有一人，不但不看他，还将头扭至一旁。赵某久经风月，喜欢有个性的女人，便伸手一指，低头的那一个留下。

话音一落，那小姐竟像被惊吓了般，全身一抖，竟扭头欲逃。赵某疾步上前，一把将她拽了回来。两人一照面，赵某大吃一惊，面前之人，竟是自己前来看望的、在 B 城大学就读的女儿。

赵某盛怒之下，一记响亮的耳光将女儿打倒在地，骂道，下贱东西！老子给了你足够花的钱！你竟然干这种不要脸的丑事！

女儿从地上爬起来，反问道，你家里有我妈，外面还有两个阿姨，有了足够的女人，怎么还到这种地方来？

赵某一时竟无语。

女儿却振振有词，没有你们这种男人，怎么会有我们这种贱女人！

耻 辱 记

适逢秋高气爽，我随团出境旅游，一路走来，尽享异域风光，心情非常愉快。

一日，在一酒店就餐。席间，去了一趟洗手间。

这家酒店虽然不大，但洗手间非常干净。便池旁边，有两行字引起了我的注意。一行是用英文写的：Keep here hygiene please（请保持这里的卫生）；另一行是用中文写的：请不要把卫生纸带走。

看到这里，我觉得头一下子大了，浑身的血都往头上涌，随口而出一句国骂：他妈的！

这简直是奇耻大辱！这儿聚集了这么多国家的游客，为什么偏偏只用中文提醒"请不要把卫生纸带走"呢？这不是明显歧视我们中国人吗?!

我决定抗议，并且马上退房，不在这里住了。

我没有回餐厅，直接回到客房，想收拾一下东西就走。

刚进屋，就见同屋住的老赵正往他的旅行包里塞着什么。

我看也不看他，随口问了一句，忙活什么呢？

老赵显得有些不好意思，讪笑道，嘿，拿了点儿房间里的面巾纸，路上用。

一句话，让我傻了般站在了原地，火气在逐渐地消失，代之而来的，是深深的痛恨和叹息。

艳 照 记

明局长走得很突然。

大面积心肌梗死,抢救了两个小时,没能救过来。

明局长的丧事很隆重,各级领导都敬献了花圈,致了悼词,感动得家属都热泪盈眶。

丧事办完后,还沉浸在悲痛中的局长夫人忽然接到了局办公室的电话,让她去领取局长生前放在办公室的私人物品。

明局长的秘书给了夫人一串钥匙,让她自己整理,凡属私人物品,都可带走。

局长夫人用钥匙打开了一个又一个的抽屉和文件柜,收获还真不小,除了几笔现金之外,还有几件金饰、玉器之类的硬货。好在,局长生前对秘书不错,秘书没有在这里监视她,她赶紧将这些东西塞进手提包中。

局长夫人打开最后也是最隐秘的一个抽屉时,有些失望。里面什么值钱的东西也没有,只有厚厚的一沓照片。她随手翻了一下,顿时怔住了,既而,浑身颤抖起来。她咬着牙,一张一张地看这些照片,越看越愤怒。这些照片,竟然全是局长和一些漂亮女人的合影,这些女人,有局长夫人认识的,但大部分是她不认识的。这些女人在照片上和局长挨得很近,有的甚至抱在一起。最让她不能忍受的,是那张裸照,是局长和她的一个女下属在床上的照片……

局长夫人再也忍不住了,仰天大叫:姓明的,你不得好死!

喊完之后,她才意识到,局长已经死了,而且确实不是好死。

于是,她又狠狠骂了一句:你这是罪有应得!

骂完了,她痛快了,忽然,她的悲痛全部消失了,一身轻松地出了办公室。

艳 遇 记

孟某,男,爱好写作,曾发表过多篇豆腐块大的通讯报道,就以作家自诩。因能力有限又不思进取,终致婚姻失败。随后的几次爱情也相继失利后,非常渴望纯粹的爱情,希望有一次不染世俗、与名利无关的旷世艳遇,并多次向周围之人示之。

一深夜,孟某正昏昏欲睡,手机铃声忽响。孟某接起,不耐烦地问,谁? 这么晚了!

顿时,有一个娇滴滴的女人声音传来,孟先生吗?

孟某一听是女人,顿时困意全消,是我呀,您哪位?

女人说,我是您的崇拜者,时尚话叫"粉丝",我非常敬佩先生的为人和学识,只是无缘拜见,今天几经周折,终于打听到了先生的联系方式,就冒昧地打扰了。

孟某心中一阵翻江倒海般的激动,问,你叫什么名字?

女人说,我叫江玲玲,在国棉厂上班。

孟某感觉自己马上时来运转,要有艳遇了,故作沉稳地说,那好吧,有时间我们可以聊一聊。

自称江玲玲的女人说，我非常渴望见到先生，这种渴望已经好久了，今天终于联系到了您，说什么也不能错过这个千载难逢的好机会。您能赏光到我家来做客吗，我单身，非常方便的。

孟某大喜，但还故作矜持，这么晚了，不好吧，还是明天再联系吧。

江玲玲用哀求的口吻说，孟先生，我对您已经仰慕已久，非常渴望马上见到您，请您放下架子，见我一面行吗？

孟某稍显为难地说，唉，那……好吧，我不忍心让您失望。

半个小时后，孟某根据江玲玲提供的地址找到了那个小区，按楼号找到了江玲玲的家。他按了按门铃，不响，敲门，门自动开了。他一喜，即推门而入。

屋内的灯大亮着，却空无一人。孟某感觉奇怪，大声问，有人吗？江玲玲在吗？

无人回答。

他以为人在洗手间，就推了推洗手间的门，门开了，也没人。他又推开卧室的门，门打开的一刹那间，他呆了！一个女人，一丝不挂地仰躺在床上，一只手还拿着手机。

孟某没想到事情会这么直截了当，就微笑着说，你好，我来了！

床上的女人毫无反应。

难道睡着了？孟某凑近一看，见女人两只杏眼圆睁着，正直勾勾地盯着他。他用手一摸女人的脉搏，冰凉，没有心跳。

孟某感觉不好，正想离开，门外扑进几个警察，将他摁在了地上。

孟某陷入杀人嫌疑。警察虽然找不出他杀人的直接证据，但警方接到报警后到现场时，除死者外只有他一个人在场，警察通过电话记录还查出死者生前和他通过话，这个嫌疑是无论如何逃不掉的。

孟某有口难辩，又没黑没白地遭受警察的轮番审讯，终于心力交瘁，诱发心脏病而亡。

不久，警方破获另一起杀人案时，才牵扯出本案的真相。

杀人犯是孟某的一个熟人，他先将江玲玲杀害后，指使其女友用江玲玲的手机给孟某打电话，将他骗到现场。与此同时，他还用公用电话报了警……

借 子 记

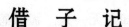

村人崔某，年近四十方得一子，全家皆大欢喜，视若珍宝，取名金宝。

金宝长到五岁左右，聪明伶俐，活泼好动，深得家人及村邻青睐。

忽一日，天过午，在门口玩耍的金宝竟未回家。初时，崔某以为儿子在邻家戏耍，遂寻之，然遍寻村邻，均不见。这才着慌，发动全家出村寻找，并通过镇广播站反复播出寻人启事，一直忙到天黑，也没金宝的半点消息。崔某只得报警。

时间一天天过去了，仍然没有金宝的消息。崔某几欲疯狂，他发动家人，还雇用了数人，到处张贴《寻人启事》，还在附近的电台、电视台、报纸做了无数的寻人广告。一直折腾了一个多月，还是没有效果。崔某每日忙碌奔波、食不甘味，已经形销骨立，最终卧病在床。

正当崔某感觉来日无多这时，忽然接到一封短信，信中言：

崔先生：

我只是借贵子一用，请放宽心，他现在很健康，很安全，一月之后，就是你们的团聚之日，请耐心等待，别再做无效寻找。

信只短短数十言，无落款。但这却给了崔某新的希望，他的病奇迹般地好了。

崔某每日都在家中静候。一个月的煎熬，每日度日如年。

一个月的时间终于满了。一大早，崔某便大开着门，率全家站在门口等候。一直等到中午，一辆出租车停在门前，车上下来一人，一身新装，还背着个崭新的书包。竟然真的就是丢失两月有余的儿子小宝，只是，比那时高了一些，胖了许多。

崔某满心欢喜，将儿子抱至家中，泣问，这么多天，你跑哪去了？

小宝竟笑，跟一个叔叔给爸爸挣钱去了。

遂将书包解下，递给崔某。

崔某见书包鼓鼓的，打开一看，竟是一扎扎的百元大钞，稍事清点，竟有二十万元之多。惊问，小宝，哪来这么多钱？

小宝撩开衣衫，指着腰侧一处伤疤道，叔叔说，从这里取出一块肉，给了叔叔家的小弟弟，就挣了这么多钱。

崔某抱儿大哭。

后带小宝到医院拍了张片子，果然证实了猜测，小宝右边的肾脏已不翼而飞。

考 察 记

金某,年方四十,富婆,独居,终日外出"搓麻",无心家务,遂在中介所雇佣保姆一名。

金某疑心重,恐用人不当,决心考察保姆一番,如经得住考察,方可放心将家交付其打理。

一日晨,金某将一百元现金遗落床头。晚归时,见床已经收拾利落,而那钱被放置床头柜上。心下稍安,但仍不放心。

二日晨,金某将三百元现金遗落在洗手间内。晚归时,那三百元钱整齐地放在客厅的茶几上。

至此,金某完全信任了保姆,将家中大小事情全部交付,自己落得一身轻闲。

半月后的一天,金某晚归,不见保姆,吃惊之余,见自己的首饰盒、保险柜均大开着。清点之下,竟损失首饰、现金五万余元。

金某报警。

不久,案破。

金某不解,质问保姆,初时见你不为钱财所动,后来又为何甘心为贼?

保姆冷笑,区区几百元,岂能入得我眼? 你难道不懂放长线钓大鱼之理吗?

古 镇 爱 情

闫凤娇第一次看到李长庚时，是 1944 年的 7 月。

那是一个清晨，凤娇像往常一样，早早地起床，洗漱完毕，就打开厚重的檀木大门，然后开始卸门板、窗板。

凤娇家的米店，叫"闫记米行"，是从凤娇爷爷那一辈传下来的，在古镇小有名气。店不大，临街只有两间门脸。房子坐北朝南，是明末清初的时候建的，有几百年的历史了。后面是一个小院，有三间北屋，一间是凤娇的爹娘住着，一间是凤娇的闺房，闲下的一间，是客房，平日里也放些杂物。院子的一角，是厨房兼餐厅，因靠山，又恰临近一条长年不断的溪水，凤娇的爷爷在世时，就用一根长长的竹竿，将溪水引到厨房里，平日里烧水做饭，洗洗涮涮，早晚还能洗澡，方便得很。

凤娇自幼勤快，养成了早起的习惯。每天早晨开门、卸门窗板、挂幌子、清扫门店、擦拭柜台这些活儿，全是她做。

这天清晨，凤娇刚刚打开门，就见门口站着一个青年，穿一身青色长衫，留短发，一双黑亮的眼睛和凤娇的目光碰了个正着。那青年笑了，露出一副整齐洁白的牙齿，整张脸也显得明朗生动起来。凤娇平日里并不是个腼腆姑娘，却没来由的脸红了。

青年问，打扰一下，请问这里住有一个李长庚先生吗？

凤娇愣了一下，坚决地摇了摇头。她从小在这米店里长大，店里还从来没有住过外人。

青年有些失望，他后退了两步，抬头看了看门头上面的招牌，放大了声音，又重新问了一遍，打扰一下，请问这里住有一个叫李长庚的人吗？

凤娇觉得这人有些不可理喻，正想叱责，背后传来爹的声音，您是他亲戚还是他朋友？

青年眼睛重新亮了一下，接口道，不是亲戚也不是朋友，是多年不曾联系的老乡。

凤娇听到爹的声音有些颤抖，爹说，进来说话吧。

那青年进门后，爹的双手就紧紧地握住了他的双手，然后，拽着他直奔后院。

看得凤娇一头雾水。

那青年以伙计的身份在客房里住了下来。

有趣的是，后来，凤娇知道这个青年就叫"李长庚"，李长庚来找"李长庚"，这是什么事儿呢？这事儿真好玩。很多年很多年之后，凤娇才明白了这是"什么事儿"，而且明白了这事儿非常的不好玩。

凤娇不明白，店里的生意本来就不太忙，为什么还要雇伙计。她私下里问过爹，爹郑重地告诉她，这不是她一个女孩该知道的事儿，出去也不要乱说。

凤娇更不明白的是，李长庚除了每天早晨帮助她打扫一下店内外的卫生，对米店里的生意基本不插手。他每天都要背上一个褡子外出，不是说去谈生意，就是去讨账，有时很晚才回来。回来后，就躲在客房里，门关得紧紧的，不知在做什么。问爹，爹不让管，问娘，娘也不让她打听，只让她做好自个该做的事儿就行了。

闲暇时，李长庚也在店里走动一下，问一问各类米面的价格，有时也逗凤娇说笑。凤娇觉得这个人和平日里接触的人不一样，有些让人吃不透,却特别愿意信任他。以后店里有了什么重活儿,只要李长庚在,凤娇再也不喊爹娘来帮忙了。和李长庚在一起,凤娇总有一种说不清道不明的欣喜。

这一日上午,天晴得没有一丝儿云彩。米店里来了一个邮差,送来一封信。信上写的是:李长庚君亲启。

凤娇端详信封上的字,字迹娟秀隽雅,明显是出自一个女人之手。凤娇瞅着这字,就像瞅见了一个仪态万方的女子站在面前,一时竟有些发呆。她想也没想,就要动手拆这封信,旁边的爹眼疾手快,一把夺了过去,叱道,别人的信!如何拆得?

委屈像水一样漫了上来,爹还从来没有这么叱责过她。为了这个李长庚的信,爹竟然这样对她。她擦了擦涌出来的泪,一拧身子,跑回了后院,跑到自己的房间里哭起来。

这天晚饭前,李长庚回来了。他接过凤娇爹递过去的那封信,略显疲惫的眼睛顿时活泛了,他立即跑到客房,反锁了门,半天没有出来。

直到晚饭上了桌,李长庚还没有出来。娘让凤娇去叫,凤娇"哼"了一声道,爱吃不吃,饿死倒省了粮食!

嘴里说着狠话,脚却不由自主地走到了客房门前,她用力敲了敲门喊,大少爷!吃饭了!

门开了,李长庚一脸惊愕地出现在门口,问,凤娇,我如何成了大少爷!

凤娇不理他,转身回到厨房。

李长庚讪讪地跟了过来。四个人坐下来吃饭。凤娇看得出来,李长庚非常高兴,但他一直压抑着,只匆匆吃了几口,就放下筷子说"饱了",仿佛刚才那信,已经让他当饭吃了一顿。

这之后,每隔几天,就有信来。李长庚每次收到信,都会躲到屋子里看半天,然后,他把写好的回信封好,托凤娇爹让邮差捎走。

凤娇不知自己是怎么了,每次看到有李长庚的信来,便会感到一阵莫名的烦躁,脾气也格外地糟,一整天都不愿理人。

这天早晨,李长庚像有急事,吃过早饭,就匆匆地出去了,门也忘了关。

凤娇便存下了一个心思。

快晌午时,是店里最忙的时候,爹娘都在前面忙得脚不沾地。凤娇便悄悄回到后院,蹑手蹑脚地进了客房。客房内只有一张床,床头上有一张书桌。凤娇一进门,就看到了书桌上整整齐齐地码着一沓信。她的心忽然跳了起来,她忽然感觉到好害怕,又不知道自己怕什么。她的手打着战,拿过来最上面的一封信,又哆哆嗦嗦地打开,一行行娟秀的字便呈现在面前:

长庚君见字如面:

我们分手已经两个月零十二天了,这些天,我无时不在想念你。南方的空气潮湿,你腿上的伤发作了吗?胃晚上还疼吗?我乞求你,为了我,为了我们,好好照顾你自己。

这一次写信,有一个好消息要告诉你:"老家"已经批准了我们的结婚请求,等你回来,我们就可以举办婚礼了……

凤娇……凤娇……死哪去了……

前面店里传来娘焦急的召唤。凤娇一边应着声儿,一边赶紧将信原样放好,小跑着跑回店里。

从这一天开始,凤娇做事经常走神儿,卖东西时常常忘了收钱,再不就是收了钱忘了找零。做饭也是丢三落四,有时灶下烧了半天火,锅里冒了半天热气,吃饭时打开锅盖,锅里却没有下米。气得娘骂她,魂儿被野鬼勾走了……

凤娇见了李长庚,再也不似往日那样随意,常常冷了脸,有意地躲着他。弄得李长庚见了她就加着小心,仿佛欠了她二百吊钱。

大约半年后的一天上午,李长庚刚刚出门,邮差送来他的一封信,凤娇接过来一看,信封上的字迹有些潦草,像一个不修边幅的男人,和以前的字大相径庭。凤娇也没多想,把信从客房的门缝里塞了进去。

这一天,李长庚回来后直接进了客房,进去后就没有再出来。吃晚饭时,凤娇的爹娘也没有让她去叫,都一副心事重重的样子。

害得凤娇纳闷了一个晚上,却不好问什么。

第二天一早,李长庚很晚才出了客房,眼睛又红又肿。凤娇知道,肯定是出了什么事情,但她猜不到,也不敢问。

从这一天起,再也不见有信来,李长庚也变得沉默寡言了。以前,他总将自己收拾得体体面面,换下的衣服当天就洗得干干净净。眼下,他像变了个人儿,连续几天都不刮脸,胡子都快一寸长了,换下的脏衣服也堆在床头不管了。

后来,凤娇的娘悄悄告诉她,李先生的未婚妻被日本鬼子杀害了。

凤娇的心被扎了一下,那娟秀隽雅的字体在眼前恍然一现,就永久地消失了,她感到了一种彻骨的痛,从心底漫延到全身。

凤娇开始细心照顾李长庚的生活,帮他洗衣服,整理房间,早晨还把热水端到他房间里,催促他刮脸。

李长庚默默地顺从着她,既不反对,也无所表示。倒是凤娇娘告诫她,一个姑娘家,做事要有分寸。凤娇像没听见,依然是我行我素。

秋风凉了的时候,李长庚要走了。凤娇听爹讲,他已经办完了这里的事情,要换一个地方了。

李长庚走的那天,凤娇坚持送他,爹娘也劝不住。

凤娇和李长庚并排走在古镇的街上,俊男靓女,引得无数路人侧目。凤娇不管,一直将他送到渔港上,才依依惜别。

临上船时,凤娇对李长庚说,李先生,你不管走多么远,要记得给我写信……我、我会一直等着你回来……

说完这些话,凤娇像完成了一件重大的事情一般,毅然转身向家的方向跑去,任泪水汪洋恣肆地洒在青石路上。

古镇的人都知道,"闫记米行"老板的女儿,有了一个英俊儒雅的意中人。古镇民风淳朴,几个原本中意于闫家小姐的男子,也都知趣地死了那份心。

李长庚走后,凤娇每天都盼着他的信。可是,那信差就如和她结了仇般,再也没有上门。

凤娇日渐消瘦,每日里仍端坐在米店的门口,向街上张望。隔几日,她还要步行去码头上,在海边站半天才回。

一年过去了,三年过去了,五年过去了。李长庚没有半点儿消息。

凤娇仍"待"字闺中,任爹娘如何苦劝威逼,死活不肯嫁人。

爹见女儿已经无可救药,只得把实情告诉她:李长庚离开古镇的第二天就牺牲了。因为汉奸的出卖,他在接头地点刚一出现,就被十几个日本特务团团包围了。见突围无望,他迅速拉响了腰间的手雷……

这天晚上,凤娇在后院为李长庚烧了一大堆纸钱,她看着漫天飞舞的纸灰说,李先生,我这辈子等不上你了,那我就等你下辈子……

闫凤娇终生未嫁。

全民微阅读系列

赎 身 记

一大早,古镇最大的妓院"来香楼"就热闹了起来,就连门口那棵老榆树上的喜鹊也一刻不停地欢叫着,在树枝间跳来跃去。这妓院本是夜间做生意,早晨一般是很冷清的,姑娘们晚上都睡得很晚,上午又没有生意,所以她们一般不到中午不露面儿,躺在春床上养精蓄锐。至于那些有客人留宿的姑娘,更是良宵苦短,沉睡难醒。

但今天就不同了。她们这里最红的姑娘柳叶儿要出嫁从良了。这里虽是娼门,但娼门也有娼门的规矩。这里的姑娘被人赎了身从良时,老鸨也是要像娘家打发闺女一般做做样子的,老鸨还要装模作样地掉几滴眼泪的。有些正红着的姑娘从良时,老鸨是真的心疼,但她疼的是将要流失的白花花的银子。有什么办法呢,凡是为姑娘赎身的都是有钱的主儿,一次性地扔下一大堆银子,老鸨明知不如留着姑娘接客积攒得多,但谁会眼睁睁着眼前白花花的银子断然拒绝呢?

今天要从良的柳叶儿,十岁起被卖入娼门,于琴棋书画中浸淫了多年,时下刚刚年方二十,才艺俱佳,正是大红大紫的时候。有两个男人同时看上了她,要出重金为她赎身。老鸨初时不肯,她想让柳叶儿再给她挣上两年银子,然后再卖个好价钱。但柳叶儿这姑娘性子十分刚烈,一气之下不再接客了,老鸨要强逼,她就跳楼寻短见,弄得老鸨没了法子,只好答应了她,却将她的身价又抬高了几倍，由以前的 3000 两银子涨到了 10000 两。两个想赎她的人，让她自己选。谁都以为，柳叶儿一定选浙江的那位茶商陈先生，陈先生不但有钱，而且生得白白净净，谈吐温文尔雅，很有风度。但柳叶儿没有将爱情的绣球抛给他，而是选定了贩卖牲口的山东汉子金玉元。

事情定下来后，金玉元却迟迟未来交赎金领人。局内人都明白，老鸨的价钱要得太高了，金玉元一个牲口贩子短时间内很难筹齐这笔银子。但柳叶儿一天不走，妓院就一天不得消停，很多嫖客来了就点柳叶儿，柳叶儿不接客，嫖客就大吵大闹，整天有人摔盘子砸桌子。老鸨一看这生意没法做了，就给柳叶儿定了个期限，到了期限金玉元再送不来银子，她要么跟陈先生走，要么接客。柳叶儿无奈之下，只得拿出多年积累的金银首饰、珠宝玉器，兑换了 5000 两银子，悄悄地交给了金玉元，这才凑够了她的赎身费。金玉元把钱拿走后，柳叶儿的姐妹们都替她捏着一把汗，这可是她被卖入娼门近十年来所有的血汗钱哪，这一旦有失，还不要了她的命？但柳叶儿心里有数，她相信金玉元绝不是个负心的男人。

几天前，金玉元就和老鸨定下了为柳叶儿赎身的日子，还当着"来香楼"所有姑娘的面承诺：要按明媒正娶的规矩办，用八抬大轿来迎娶，要让柳叶儿风风光光地出门。这不光让柳叶儿幸福无比，也让所有的姑娘们看到了光明。

这天一大早，姑娘们就忙着给柳叶儿梳妆打扮，同时也把自个儿梳理得光光鲜鲜的，就连老鸨也打扮得比平时年轻了几岁，"来香楼"上下，真的是把嫁闺女的气氛渲染得无比热烈。

白光光的日头已经照满了乾坤，还没见金玉元的影子。姑娘们开始"叽叽喳喳"地乱猜测：是不是路上耽搁了？别是不来了吧!

柳叶儿一点儿也不惊慌,她想这么大的一桩事儿,金玉元怎么也得好好准备准备吧。

有沉不住气的姑娘开始跑出去,顶着日头到路口那儿张望。

天气越来越热了,没有一丝儿风。姑娘们怕被晒黑了,都用手中的芭蕉扇遮在头上。一群人等着盼着,熬着煎着,一直等到中午,也没见到金玉元的影子。最后连柳叶儿也沉不住气了,她也跑到路口等待、观望,后来身子一软,就晕倒了。

金玉元携了柳叶儿的钱跑了。这已是一个不争的事实。

柳叶儿醒来时,就见床头上坐着茶商陈先生。柳叶儿哭了,陈先生,柳叶儿没脸活了,也负了您的一片心意。

陈先生像长者对待自己的孩子一样,轻轻抚了抚柳叶儿的额头说,出了这样的事儿,你再从这个地方待下去也不可能了,如果不嫌弃的话,我愿把你接走,照顾你一生一世。

事情到了这个份儿上,柳叶儿还有什么话说?当天傍晚,她就随陈先生坐上了一条通往江南的客船,去了杭州。

陈先生的院子好大,这是柳叶儿自出生以来见过的最气派的宅子。后院还有一个大花园,亭台楼阁,花草鱼池,十分的雅致和讲究。进陈府的第一天,柳叶儿就知道了,陈先生家里已经有了三房太太,而且都不像是省油的灯。住了几天,当她们打听到柳叶儿的出身后,更是对她轻视了几分。偏偏陈先生还就宠着柳叶儿,这让那三个女人又嫉又恨又无可奈何。

这年秋天,陈先生去北方催收货款,这一走就是一个多月没信儿。柳叶儿担心他的安危,便带着一个贴身丫头到后山的娘娘庙里给陈先生烧香许愿。

柳叶儿回家时,日头已经快下山了,路上行人稀少。她和那个丫头匆匆地出了庙门，抄近路往山下奔去。当她们穿过一片小树林时，被三个黑布蒙面、手持钢刀的大汉拦下了。

柳叶儿到底是见过些世面的，虽然害怕，并没显出多么惊慌。她解下腰里的荷包、摘下脖子上的纯金项链和耳朵上的翡翠玉坠儿，对三个大汉说，三位大哥无非是手头儿紧了，我带的只有这些值钱的东西了，全部给你们，求你们放我二人一条生路吧！那个小丫头接过柳叶儿手里的东西，双手捧着，战战兢兢地走到三个大汉的面前。

为首的一个大汉面无表情地劈出一刀！小丫头哼都没哼一声就倒下了！

柳叶儿知道坏了！这些强人并不冲财物来的，她隐隐约约地也感觉出了什么，就稳住心神儿问，三位大哥，小女子与你们并无怨仇，就是死，也要叫我死个明白吧。

为首的大汉冲她拱了拱手说，不瞒您说，我们是受陈家大太太之托，来要你命的，你来世再找她报仇吧！说着，举起了钢刀。

柳叶儿在心里暗暗地叹了一声，果然如此！就闭上了眼睛。

柳叶儿听到身旁一片利器的碰撞声，睁开眼时，见那三个蒙面大汉都已经倒在了血泊里。而她的身旁，站了十几个汉子，都短衣打扮，手持刀枪。为首的一人，面目狰狞、丑陋，左眼戴着黑色的眼罩。

柳叶儿明白是被人救了，她双膝跪在地上说，多谢众位大哥救命之恩。

为首的那人上前一把拉起她叫道，柳叶儿……声音竟哽咽了。

声音虽然不大，在柳叶儿听来，无异于晴天霹雳！她对这个声音太熟悉了，几年来，她无时无刻不在想着这个人，这个声音。

可是……她抬起头来，仔细地看了看眼前这个面部布满疤痕的汉子，终于看出了一点儿当年的轮廓……她不敢相信，她颤抖着声音问，你是……玉元哥……

那汉子一把抱住她，连连说，我是我是……

原来，几年前，金玉元在去迎娶柳叶儿的路上，遇上了土匪，迎亲的男男女女几十口人无一生还，只有金玉元身受重伤，勉强活了下来，却变成了一个面目极丑的人，一只眼睛也瞎了。他被一个过路的老汉救起，养好伤后，就开始打探柳叶儿的下落。后来，他就一路打听着来到了杭州，找到了陈府。他见柳叶儿已经成为陈先生的宠物，生活得很幸福，自己又变成了人不人鬼不鬼的样子，配不上柳叶儿了，就想一走了之，找个没人认识他的地方了此残生。不料，他无意中发现，有几个参与打劫杀人的汉子频频出入陈府，经多方打探，才知道那场血案全是陈先生一手安排的，那些杀手全是他的护院。他本想告官，但想到陈先生有钱有势，他自己又没有任何证据，不但告不倒他，弄不好连性命也难保，就找了个地方安顿下来，伺机报仇。后来，他在一次夜行时被一伙土匪抓获，他灵机一动，对土匪言明了自己的身世，毅然加入了土匪队伍。由于他做过生意，脑子好使，几年下来，就做了他们的头儿。几年来，他无时无刻不在关注着柳叶儿，为此，还专门安排一个小匪到陈府当了仆役。由于有内线，他知道柳叶儿在陈府的处境，时时有遭暗算的危险。所以，今天柳叶儿一出门，他就派人就盯上了，一直暗中保护着……

柳叶儿听完金玉元的话，紧紧地抱住了他，大哭道，可怜的哥哥，小妹一直误会着你呀！

不知何时，人都走光了，只剩下了柳叶儿和金玉元，他们紧紧地抱在了一起，唯恐一不留神对方再不见了踪影。风从树林中穿过,轻柔、温暖,像一双小手,在两个人的身上不断抚摸着。

良久,金玉元轻轻推开柳叶儿说,陈府你是不能回了,姓陈的已经被我杀死在北方了,少了他,你在陈府连一天都活不了。我给你找个善良人家,把你安顿好,过个平平淡淡的太平日子吧。

柳叶儿低下头,一言不发,泪水顺着脸颊滚滚而下。

金玉元用衣袖给她擦了擦泪水问,我杀了姓陈的——我知道他一直对你很好。

柳叶儿轻轻摇了摇头说,以前,小妹确实很感激他。但我没有想到是他的一个阴谋毁了我们本该很幸福的生活。何况他还害死了那么多的人。小妹只是不明白,哥为什么不要我了?哥嫌弃小妹了吗?

金玉元无奈地苦笑了一声说,妹子,你看我这个吓人的样子,哪里还配得上你这位大美人?只怪我俩没有缘分呀!

柳叶儿笑了,柳叶儿问,这是哥的真心话吗?

金玉元沉重地点了点头说,这就是命呀!妹子,我们认了吧!

我不认命!柳叶儿说完,突然从头上取下了一枚簪子,插向自己的右眼……

金玉元惊呆了!尽管他近几年见惯了打打杀杀的事情,也被柳叶儿的举动震惊了!

这次哥总配得上小妹了吧?要不要小妹把另一只眼也废了?柳叶儿一只手捂住右眼,鲜红的血瞬间就从指缝内溢了出来,十分的充盈和夺目。

金玉元一把将她抱了起来,疯了般向山下跑去……

柳叶儿紧紧地搂着金玉元的脖子,趴在他耳边哽咽着说,哥,你知道小妹当年为什么拼死也要从良吗?

就因为我想自己做一回主。柳叶儿自己回答了自己。

夺 魂 散

　　傍晚时分,落霞把古镇的街道涂上了一层金黄的色彩。没有风,街上的一切仿佛都是静止的,从远处看,很像一幅仿古的水彩画。

　　一阵杂乱的脚步声打乱了这充满着诗情画意的宁静。赌场的老板厉长风领着几个保镖从街上匆匆走过,径直来到镇东头开药铺的邵子明家。

　　厉长风叫保镖把好门,一个人慢吞吞地踱着方步来到邵子明坐堂问诊的堂屋里。

　　邵子明六十开外,是方圆百里无人不知的名医。这时他正闲着无事,翻看着一本陈旧的医书。一抬头,看见了皮笑肉不笑的厉长风。他赶紧站起来,诧异地问,厉老板,怎么有空到我这小铺面来了? 哪儿不舒服?

　　在这个大镇上,没有人敢不恭敬厉长风,他不但家大业大,而且手眼通天,一个电话就能把县上的保安团调过来。当然,这与他那当县长的舅舅也不无关系。至于这个镇上最大的官儿——镇长,除了现任的镇长焦国良不买他的账外,以前的几任镇长,无不对他俯首帖耳。

　　厉长风大大咧咧地坐在椅子上,用一把鸡毛扇子在面前来回晃动着,对站在身前的邵子明视若不见。

　　邵子明尴尬地站在那儿,一时无话。幸好,他铺子里仅有的一个学徒回家了，这场面没人看见。

良久，厉长风才拖着长腔问：邵先生，你配制的"夺魂散"还有没有呀？

邵子明一惊：厉老板要那东西干什么？

厉长风笑了一下，反问道，你知道明天是什么日子吗？

六月十八呀。

好记性、好记性。厉长风夸张地称赞着邵子明，那明天咱镇上有什么大事儿呀？

邵子明沉吟了一下说，是焦镇长的六十大寿。

厉长风阴阴地笑了，你说，镇长大人做寿，我能不表示点儿心意吗？

邵子明大惊，你……你……想……

厉长风"哈哈"大笑，你知道了也无妨，反正你这两天也出不了这个门了。

邵子明一下跌坐在椅子上，消瘦的脸上爬满了汗水。

厉长风和新任镇长焦国良素有嫌隙，这是全镇人都知道的事情。焦国良到任前，厉长风在古镇是要风得风、要雨得雨。他不但开着赌场，还开有烟馆、妓院等生意，很多人被他弄得倾家荡产。厉长风不但脾气霸道，而且好色成性，糟蹋了不少良家妇女。也有人到镇公所告他，但往往是人刚出了镇公所的大门，他就知道了信儿，带几个打手将人拦下打个半死，然后扬长而去。久而久之，人们就明白这古镇是他的天下了，只能忍气吞声地过日子。但新任镇长焦国良一来，就改变了局面。他上任的第一天，就驳了厉长风的面子，没有去赴他的宴请。几天后，又退回了他送的拜见礼。镇上的人们看到了希望，有人就大着胆子去告状，结果，焦国良全部秉公审理，还关起了厉长风的几个打手。这可是以前从未有过的事儿。厉长风一见事情不妙，就去求他当县长的舅舅。但焦国良不是一般的人，他在县里有着很高的威信，又行得端走得正，没人敢随便动他。这一下厉长风可傻了眼，只能暗暗地发恨，盼着焦国良早早调走或者早死。在做事上，他只得收敛了很多。

今天，邵子明一听厉长风的话意，明白他是想用"夺魂散"去害焦镇长的全家。他擦了擦脸上的汗水，稳了稳心神说，厉老板，这"夺魂散"本是用来治鼠患的，现在我们这里老鼠已经不多了，所以，店里也一直没再配制。

厉长风"嘿嘿"地冷笑了两声，突然对门外大喝一声，押进来！

邵子明的独生儿子被两个打手五花大绑地推了进来，一把钢刀紧紧地压在他的脖子上。

厉长风放缓了语气说，邵先生，并不是我厉某人成心给您过不去，只是这世间除了你的"夺魂散"无色无味外，用别的毒药还真的难以得手。

邵子明长叹了一口气，挥了挥手说，你们放了他吧。

两个打手松开了手，把钢刀也拿了下来。

邵子明从床底下拿出一个破旧的木头箱子。他打开箱子，从里面取出一个油纸包，又打开油纸包，拿出了一个葫芦形的瓷瓶。

厉长风一把将瓷瓶夺了过去！然后，他"哈哈"狂笑着出了药店的大门。

两个打手一左一右，倚在药店的两扇门框上。

当天晚上，厉长风就命提前安插在焦府的内线将"夺魂散"下在了明天宴会用的菜里和水井里。

第二天，焦府张灯结彩，热闹非凡。

厉长风躲在家里，一边喝着一壶上等的铁观音，一边等着好消息。

这一上午对厉长风来说，真的是度日如年。茶喝到乏味，他的耐心也快到了极限，疯了般在屋子里转来转去。

一直等到天过晌午，他派去的人才垂头丧气地跑回来说，焦府什么事情都没有发生，前往道贺的人已经吃饱喝足开始告辞了。

厉长风虚脱了般跌坐在藤椅上。

傍晚时分，忽然就起了风，是东北风，镇街上碎纸、草屑漫天飞舞。

厉长风领着几个打手来到邵子明的药铺里。他派的两个打手还一动不动地倚在门框上守候着，像睡着了。他用手轻轻推了他们一下，两人竟然都倒了。

厉长风暗叫了一声"不好"，俯身摸了摸他们的鼻息，已经毫无声息了。

厉长风大惊，进了屋，见屋子里已经点上了蜡烛，邵子明面带微笑端坐在他平时看病的椅子上，木雕般一动不动。

厉长风一脚先踢翻了一只凳子，正想再动手，忽然觉得喉咙被人勒住了一般呼吸困难起来，他两只手拼命地去掐喉咙，却"咚"的一声倒在了地上。同时倒下的还有他的几个打手。

第二天一早，有人去镇公所报了案。镇长焦国良带人验了尸，一共八具，邵子明、厉长风，还有六个打手。他们身上都没有任何伤痕和勒痕，导致他们死亡的原因是窒息。可在这么大的一间屋子里，又开着门窗，怎么会窒息呢？这桩案子就成了悬案。

几年后，古镇又闹鼠患。已经失踪了的邵子明的儿子回来了，他献给镇长焦国良很多蜡烛，对他说，这就是我们祖传的"夺魂散"，只要点燃，百步之内可绝鼠患，但人在点燃时应以湿毛巾捂住口鼻，点燃后迅速离开。

直到百年后的今天，古镇也没再闹过鼠患。

劁 头 者

整个沙河镇，有不知道县太爷叫什么名字的，但提起"劁头的吴疤瘌"，却是妇孺皆知。

沙河镇位于黄河中下游平原的鲁北地区，是个千年古镇。"劁头"这个乞讨行业，在很多地方已经销声匿迹了，好多人都不知道"劁头"是什么意思了。但在沙河古镇，因为有吴疤瘌的存在，劁头仍未失传。

说白了，劁头就是恶讨。劁头者右手持一把牛耳尖刀，在各个店铺、摊位之间转悠。待相中什么，便伸出左手讨要，若主家不给，劁头者右手的尖刀就会放在额头上，轻轻一划，顿时血流如注。这一下主家可就倒了大霉，不但要给出事先劁头者相中的东西，还要赔上一笔医药费，好言好语地送走，否则，一个鲜血淋淋的人站在店铺或摊位前，晦气不说，生意也没法做。所以，一般的生意人，是不会让劁头者真正见血的，那样对谁都没好处。

人们对劁头者是又恨又怕，但毫无办法。这就是个乞讨的行当，自古以来，无论改什么朝换什么代，也没听说过不允许乞讨的。

但吴疤瘌却不太讨人嫌，他从不要贵重的东西，几个包子，两棵葱,或残羹剩饭,填饱肚子就行。但总是有些奸猾的小生意人,想一毛不拔,这就恼了吴疤瘌,不但当即劈头见血,而且事后天天去那里乞讨,直到主家告饶为止。

吴疤瘌劈头,总在额头右上角这个地方下刀,这个地方新伤旧伤不下几十次了,形成了一个拇指粗细的明疤,约有一寸多长。如果多日不曾劈头,这个疤痕便越来越亮,越来越鼓。熟悉吴疤瘌的人都知道,这时候千万别招惹他,他伤口越亮,就是越痒的难受的时候,稍有不顺便会下刀。而逢这种状态下,吴疤瘌也总是找些平日里不太厚道的奸猾之人乞讨,往往会得到比平时丰厚的馈赠。

沙河镇忽然多了几个穿黑色皂衣的官差,整天在菜市场附近转悠,把在路边摆摊的小贩全集中到商铺较多的一条街上来了。

自从有了官差,沙河镇的街上变化很大。首先是街面整齐了,卖东西的按官差们划的白灰线,齐刷刷地排成一溜儿,不像以前,大家都争着往前出摊,争来争去就出到了路中间,耽误走路不说,摊主们还经常因为这事儿闹矛盾。因此,镇上的人都说,这些官差来得真是时候,是为我们做好事来了。

官差们倒不管吴疤瘌劈头的事儿,闲下来时,还逗他几句,寻寻开心。

但不久,官差们忽然在街头贴下一张布告,要求十天之内,所有沿街商铺的招牌要全部换成新的,而且要统一颜色和尺寸,招牌上的字,一律请镇东头的书法家高大书题写。布告下还有警告,如有违抗者,一律封门。胆子小的,当即就拆了招牌,按布告上的要求做了新的牌匾挂上。也有胆子大的,对布告不予理睬。但十天刚过,所有没有按要求做新牌匾的商户,全被强行封门,贴上了盖着大印的封条。官差中,为首的是一个瘦长脸,态度十分蛮横,哪一个稍有怨言,轻则鞭打,重则押走关进牢房。这样一折腾,无人再敢不从。不久,镇街上的商铺招牌全部换成了黑底红字,字体是清一色的隶书,却写得有形无神,多有描过的痕迹。后来,有人打探到消息,这写字的高大书,是瘦长脸的岳父。

不久,镇街上又有了新的变化,以前的露天摊位全部搭成了简易的商铺房,每间有五尺多宽,都或租或卖给这里的商户。但有些做小买卖的,像卖豆腐的、卖豆腐皮的、卖花生瓜子的、卖针头线脑的,本小利薄,根本买不起,租吧,每月挣不了几个钱,除去租金就所剩无几了。这些人,就只好挑着担子或推着独轮的货车边走边叫卖。正当时间,他们不敢在繁华的大街上露面,就捡些小巷子、城边子转悠。但在这些冷清的地方,并卖不出多少东西,他们就在中午或傍晚,乘官差们吃饭喝酒的当口儿,大着胆子跑到镇街上来,找个人多的地方停下来,痛痛快快地销出一些货物。有时会被官差抓住,少不了把人和货物全部扣下,交足了罚金才会罢休。

吴嫂是卖豆腐的,她丈夫早年病死,给她留下了一笔不大不小的债务和两个不到十岁的儿女,日子着实艰难。她每天起早贪黑,做五斤黄豆的豆腐,勉强能卖完,用以一家三口的生计,再从牙缝里省出一点儿,慢慢还丈夫留下的债务。但自从镇上有了官差,她的日子就更雪上加霜了。她既买不起那商铺,也租用不起,只能走街串巷地叫卖,中午或晚上,她也和那些小生意人一起,偷着到镇街上去卖一会儿。

吴疤瘌因和吴嫂的丈夫同姓,经常半开玩笑地喊她"本家嫂子",知她不容易,从不曾向她乞讨。

这天中午,吴嫂眼瞅着几个官差进了城边的一家狗肉馆,就将她的豆腐车推到了镇街上。她一个上午没卖出一块豆腐,几十斤豆腐都在独轮车的木槽里一动未动。

　　她刚放下豆腐车,就有几个常客围上来买。但就在这时,几个官差忽然就赶了回来。小贩们一边喊着"快跑",挑担的挑担,推车的推车,刹那间跑得干干净净。吴嫂没来得及跑,被几个官差围住了,有两个推着她的豆腐车就走,吴嫂上前去夺,被瘦长脸一脚踹翻在地,然后转身就走。吴嫂爬起来,追上去,跪趴在地上苦苦哀求,几位大人,俺们一家三口,就指望这点儿豆腐呢,你们给没收了,我们就得饿死呀!

　　几个官差不为所动,推着豆腐车,绕过吴嫂想走。这时,吴疤痢正赶到这里,他赶紧拦在几个官差面前,赔着笑脸说,几位爷,这位大嫂守寡多年,拉扯着两个孩子,确实不容易,你们放她一马吧!

　　瘦长脸骂道,臭要饭的,你算哪根葱!飞起一脚,将吴疤痢踹了个仰面朝天!

　　吴疤痢站起来,忽然用刀在自己的额头重重地豁了一下,鲜血顿时顺着面颊流了下来,半张脸都是红的了,显得十分狰狞可怖。几个官差却不害怕,那个瘦长脸冷笑着说,豁自己算什么本事,你若有种,就将我豁了!

　　吴疤痢怒目圆睁,举起豁头刀想上前拼命,被吴嫂在后面死死抱住,吴嫂哭着说,别犯傻呀大兄弟,为了这点儿豆腐,不值!

　　几个官差乘机围上来,夺了吴疤痢的豁头刀子,扔在了地上,然后将他按倒在地,一顿狂踢乱踹,吴嫂哭喊着上前阻拦,却哪里拦得住,直到吴疤痢一动不动了,几个人才推着豆腐车子扬长而去。

　　吴疤痢醒来的时候,发现自己躺在吴嫂家的炕上,两个孩子一左一右趴在他身旁,两双亮晶晶的小眼睛正怯生生地看着他。

吴嫂看他醒了,就把熬好的豆腐汤端过来喂他。他本想接过来自己喝,一动,却浑身剧痛,只好由着吴嫂来喂。

半月后的一天,吴疤瘌康复了,喝了半个月的豆腐汤,他的脸色红润了,竟似胖了一些。吴嫂出门去卖豆腐了,两个孩子在家挑黄豆,为明天磨豆腐做着准备。吴疤瘌摸摸两个孩子的脑袋,一句话也没说,就走了。

当天深夜,吴嫂听到屋里有动静,就下了炕,掌灯围屋里看了一圈,没看到人影,却发现窗台上放着一个布包,打开一看,里面全是钱,多得足够她们母子三个用一辈子的。吴嫂吓坏了,赶紧将钱塞进了炕洞里。

第二天一早,镇上就传遍了,昨夜,几个官差全被割了喉,他们收了几个月的官税也不知去向。

人们都怀疑是劁头的吴疤瘌干的,来办案的公差也这么推断,但他们找遍了整个小镇,也没见到吴疤瘌的身影。后又到吴嫂家去寻线索,发现吴嫂一家三口也不知去向。

这桩案子就成了悬案。

空　棺

周小林是鲁北齐河县人,在一个村办企业当业务员,常年天南海北地出差。

2013 年深秋的一个早晨,他从广州坐飞回山东,在去机场的公交车上,他看到坐在旁边的一个中年男人很面熟,仔细一瞅,竟是他们村的养鱼专业户肖强,他们从小一起上的小学、中学,天天泡在一起,只是成家后大家各忙各的,联系就少了些。

肖强也认出了周小林,他乡遇故知,两个人都很高兴。到了机场,时间还早,两人就找了个饭馆,点了两个菜,边喝啤酒边聊天消磨时间。两人好久没在一起喝酒了,都说了很多小时候的事情,共同感叹小时候的美好时光。

周小林的航班要早一个多小时,两人拉着呱,很快就到时间了,两人只好分手,相约回家后一块儿痛痛快快地喝一场。

周小林下了飞机,又乘坐了两个小时的客车,然后又打了半个小时的出租,回到家时,已经下午三点多了。

刚到村口,有一支送葬的队伍从村里缓缓蠕动出来,哭声、唢呐声响成一片。

近了,周小林发现扶灵的孝子竟是肖强十六岁的儿子肖帮,他吃了一惊,以为看错了,仔细一看灵位上的遗照,正是刚刚和他分手几个小时的肖强。

他认定,肯定是弄错了,肖强现在还没有到家,怎么会死了呢?他拦住送葬的队伍,大声喊:停下!停下!

队伍停了下来,连唢呐声也不响了。

村里的红白事总管郑利走过来,急咧咧地问,你想干什么?

周小林问,棺材里装的是谁?

郑利说,当然是肖强了,还能是谁?

周小林急道,肖强没死呀!上午我还在广州白云机场见过他,我们还一起喝了四瓶啤酒呢。

郑利一把将他推到一边说,好了好了,开玩笑也得分个场合,肖强都在病床上躺了两个多月了,哪里去得了广州?

这时,肖强的妻子也过来对周小林说,周哥,肖强要是有得罪你的地方,我给你赔不是了,你可不能在他入土的时候闹事呀!

村支书也过来叱喝他说,你胡说啥哩!肖强一直病着呢,大家都去看过他哩,昨天我亲眼看着入的殓,难不成,他的魂飞到了广州?

周小林一看这情况,知道有异,只好躲在了一边。

回到家,周小林把自己在广州遇到肖强的事情给妻子和儿子都学说了一遍,妻子笑他,你是不是大清早就喝晕了,见了鬼了?这肖强得了肠癌,住了好长时间的院,后来医院不给治了,就回家等死,在家里又熬了两个多月,我还去看过他哩。

倒是儿子表示理解,郑重地说,爸,这可能是一种灵魂的穿越,肖强叔临死前要见他的好朋友一面,就去广州找你了。

这天晚上,周小林翻来覆去,怎么也睡不着,他坚信自己见到的是肖强,这个世上,有和肖强的模样长得一样的,但别人不可能知道他们共同经历的那些往事。

半夜,他悄悄地爬起来,拿了一把铁锨,一个撬棍,一只手电筒。摸黑来到了肖强的坟上。刚起的新坟,土质松软,他一会儿就挖到了棺材。他用撬棍撬开棺材盖子,然后用手电往里一照,棺材果然是空的。他正想把棺材盖上,忽然觉得背后有一股劲儿在推他,一下把他推到了棺材里,棺材盖子啪的一声就合上了,把他关在黑暗中。他用双手拼命推棺材盖子,却一点儿也推不动,他手脚并用,棺材盖子仍然一动不动。他绝望了,感觉到空气越来越少,呼吸越来越困难,终于,他失去了知觉。

周小林一觉醒来,竟是在自家的床上,他松了一口气,心说,幸亏是一个噩梦。他揉了揉眼,见日头已经照进屋内。

妻子风风火火地在外面进来,进门就喊,你还睡呢,肖强的坟昨天晚上被人挖了,棺材盖子也起开了,咦,怪了,里面啥都没有!

周小林的头"嗡"地响了一下,后脊背上掠过一阵凉风。

白 夜 行

　　我是一个行走于乡村的木匠，因为长得黑，在家里排行六，村里人都叫我黑六子。我讲的，是亲身经历。当然，村里人说我爱瞎编，说的话不可信。你信不信？随你。

　　1978 年冬天，我去北乡的十里庙给人打家具。那家人是给闺女打嫁妆，请了三个木匠。这一年的年头好，结婚的特别多，那几天，我还应承了给自己村陈五的女儿打嫁妆，所以，就手上加了把劲，本来六天的活计，到第五天的傍晚，就完工了。陈五家催得很急，那天刚刚捎来口信，催我回去。我就想，和东家算完账，赶回家去吃饭，到第二天一早，就可以给陈五家干活了。但是东家对我做的活儿非常满意，非要留下我喝两盅。我掐指一算日子，那一天正好是十五，天又晴得好，吃完饭借着月光往回赶，也不会耽误事儿，就应下了。

　　这天晚上，东家给我炒了四个菜，酒是 65 度的古贝春原烧。我和东家，加上另外两个师傅，四个人喝了整整三斤，把他们三个都整晕了，趴桌上睡着了。我还算清醒，吃了东家女人烙的菜饼，背上装我那套家把什的帆布包，提着锛，就出了门。

　　那天的月光，亮得有些邪门！和白天没有什么区别。十里庙离我们村十五里地，全是在庄稼地里横七竖八的沟叉子里走，半路还有些乱坟岗子、野草疯长的碱荒地什么的。我记得去时的道，就凭着记忆按原路返回。去的时候，要路过一片坟地，坟地旁边的一棵大杨树上挂着一面"招魂幡",树下是一丘新坟。我记得很清楚,那幡是丈二的白幡,直垂到离地三尺的地方。又走了有一袋烟的工夫,我就看到了那个压着坟头纸的新坟和雪白的"招魂幡",虽说晚上看到这些东西心里慌得很,但路没走错,我心里就有了底儿,就边走边唱起了歌儿,为自己壮胆。

唱了一会儿歌,我觉得应该到了马庄了,马庄离我们村还有七里地,但是,到了马庄,就有了笔直的一条土公路直通我们村,没这么偏僻了。可是,我越走越觉得不对劲儿,怎么周围的路这么熟呢?后来,我一下子毛骨悚然了!我看到了那棵熟悉的大柳树,还有树上垂下的"招魂幡",以及树下那丘压着坟头纸的新坟。

天哪!我怎么又转回来了?我没记得自己拐弯呀?难道,我遇上了"鬼打墙"?

我站住脚,仔细观察了一下周围的环境,没错,我确实又转回来了。我并不相信这世上真的有什么"鬼打墙",可能是我刚才光唱歌了,忘了看路。当下,我看清楚了回去的路,又大步地往前走。那路不但崎岖,还极为不平,不断地上坡下坡,左转右转……走了大概一袋烟的工夫,忽然,我的头皮一阵发麻,头发全都竖起来了……我又看到了那丘新坟和那面"招魂幡"。

这一次我真的害怕了。刚才我一直仔细地按着去时的路走,一步也没有走错,怎么又回来了呢?天底下真的有鬼?我真的遇上了传说中的"鬼打墙"?我一下瘫坐在地上,一动也不敢动了。

周围一直很静,连一声儿鸟叫也没有。我不知道自个儿在地上坐了多久,环顾周围,也没有一个人的影子或鬼影子。庄稼早就收了,周围都空荡荡的,在月光底下泛着惨白惨白的光。我感觉到了冷,刚才忙着赶路加上惊吓,贴身的衣服全被汗水湿透了,现在汗干了,贴身的衣服变得冰凉。我用力裹了裹棉袄,用手背擦了擦眼睛,突然间吓了一跳!

我的对面站着一个人,是一个男人,瘦瘦的,中等个儿,因他站的位置是对着月光的,模样很清楚,是个丝瓜脸,细长眼睛,高鼻梁,脸上冷冰冰的没有表情。我颤着声儿问,你是谁?

那人反问,你是谁?

我赶紧说,我是五合庄的黑六子,到十里庙打家具,回来时迷了路。

那人说,迷了路? 这么亮的天会迷路?

我说,我可能碰上了"鬼打墙"。

那人仍然面无表情,冷冷地说,哪有什么"鬼打墙"? 你是迷路了。

我一见遇到的是个"人",顿时松了口气,我客气地问,老哥,你是哪个村的? 能不能给俺指指路?

那人说,我是魏寨子的,叫刘皮。

我一听魏寨子的就更放心了,我和那个村子的魏老贵等很多人一块儿修过堤挖过河。我顺便问了几个人,刘皮说都认识,说的情况也全都对路。

我便求刘皮给我带带路,他态度仍然很冷淡,但答应得却很爽快。

当下,他在前面走,我在后面跟着。走着走着,我发觉他走路轻飘飘的,像是贴着地皮在飞,和正常的人不太一样。我的心又提了起来,就紧走几步,想看看他有没有影子,传说,鬼是没有影子的。可就在这时,一大朵乌云飘过来,遮住了月光,天登时黑了下来。我正害怕,面前冒出了一道光亮,马上什么也看不见了。耳边听见刘皮说,往前就是马庄了,一直走就到了五合村,这个你拿上,照个亮儿。我手里被塞进一个冷冰冰的东西,一端发着光亮,我拿到脸前一看,是个电棒子(手电筒)。我拿电棒子往前照了照,可不,前面就是宽宽的大道了。我想,萍水相逢,就拿了人家的东西,不太仁义,就把锛交到刘皮手里说,你拿上这个,有个什么情况也好防身,赶明儿,我去还电棒子,再捎回来。刘皮迟疑了一下,一把接过锛,转身头也不回地就走了。

回到家,我已经全身虚脱,躺到炕上就睡着了,一宿连个梦也没做。

第二天上午,我在陈五家,边干活儿,边把头天晚上的经历学说了一遍。陈五、还有陈五请的另外一个木匠听得哈哈大笑,陈五的女人说,你是喝晕了吧,四个人三斤原烧酒,不晕才怪呢。直到我拿来了刘皮借给我的电棒子,他们才半信半疑。那年月,电棒子还是个稀罕玩艺儿,一个村寨,没有几家有这洋货的。午饭后,趁休息的工夫,我借了陈五的洋车子,拿上电棒子,直奔魏寨子。

我很顺利地找到了刘皮的家。看样子,刘皮的光景比我也强不了多少,院墙上的麦秸泥都剥落了,有几个大大小小的缺口,透过缺口能看到空空的院子。门楼也破旧得快要塌下来了,门只有一扇,另一扇歪在门框上。这种光景的人家,居然能置得起电棒子。

我将洋车子支在门口,边往院里走边大声问,家里有人吗?谁在家里?

随着一声"来了来了",一个女人左手拿着纳了半截的鞋底,右手拿着针锥子走了出来。

我就问,这是刘皮大哥的家吗?

女人愣了一下,上下打量了我一遍,才说,是呀?你——认识他？

我赶紧把手里的电棒子递给她说，昨天晚上借他的电棒子的，我来还……

我还没把话说完，就见女人的脸色顿时变白了，白得像一张纸，她急急地问，你是什么时候见到的刘皮？

我说，是昨天晚上。

接着我就把昨天晚上遇到刘皮的事儿简单说了一遍。

女人没好气地说，昨天晚上你喝醉了吧？告诉你，刘皮生急病走了，昨天刚过了"头七"。

我一听又急又怕，那、那、昨天晚上我看到的是鬼？

女人怒责道，胡说！这世上哪里有鬼？是你自个儿喝醉了！

我说，那这电棒子是咋回事？

女人说，这电棒子，是他生前最喜欢的东西，家里也没别的值钱的家当，就拿这给他陪了葬，你——你不会是从坟里盗出来的吧？

我一听，当时就懵了！这一连串的事情太过古怪，也太玄乎，再待下去就有可能被讹上。我抄起车子，紧跑几步，飞身上车，逃命一般离开了魏寨子。

出了村大约有二里地了，我将车子把稳，回头看了一下，并没有人追出来，就放了心，放慢了车速。

又走了一程，就觉得道儿有些熟悉。抬头一看，一面雪白的"招魂幡"，就挂在面前的大杨树上，树下的新坟边上，有一墓碑，上写：刘皮之墓。墓碑顶上，安放着那把跟了我多年的木匠家把什——锛。

诈　尸

　　三里庄的老铁匠孟烈走了。没病没灾的，前一天还在村口放羊，第二天就没起床，儿子孟原给他送中午饭时才发现，人已经僵硬了。

　　孟原赶紧跑到村里的红白事总管杨大白话家里，见了面就跪在地上，哭道，杨叔，我爹无常了。

　　杨大白话愣了一下，半晌，叹了口气说，唉！牛一样壮的人，我还以为，我得走他前头呢。

　　鲁北一带的风俗，灵棚都是扎在正屋的门口，灵床位于灵棚正中，亡者头朝南躺着，脸上盖一张烧纸。灵床下面，往往塞满东西，不留一点儿空隙，以防有猫狗的从下面钻过去。尤其是猫，只要它在灵床下一过，亡者就容易诈尸。

　　给孟烈办丧事的第一天，帮忙的年轻人图省事，就近把竖在墙上的秫秸塞到了灵床下。当晚，下了一场不大不小的雨，把外面的柴火全淋湿了。第二天一早，厨房用大锅蒸馒头时，找不到干柴，帮厨的人顺手就把灵床下的秫秸全抱走了。当时，谁也没在意这个事儿，杨大白话也没制止。

　　当天上午十点光景，孟烈的外甥来吊唁，正拜祭呢，猛听见一声猫叫，一只花猫从灵床底下蹿了出来，接着，灵床上的孟烈"忽"地一下坐了起来。吓得他外甥"吗呀"一声就瘫在了地上。

　　杨大白话赶紧上去双手将孟烈按倒在灵床上，边按边喊，老孟！你走就好好走！别吓唬孩子！

没想到，他一松手，孟烈又坐了起来，眼睛好像微微睁开了一条缝儿，直视着杨大白话。骇得老杨声音都变调儿了，他颤抖着大喊，快快快——快搬几块坏来！农村到处都有土坏，几个年轻的壮汉风一般出了院子，搬来了几块土坏。杨大白话把头扭向一边，不敢看孟烈，用两只哆哆嗦嗦的手把孟烈又按倒在灵床上，几个汉子把几块坏都摞在他的胸口上，孟烈这才长长地叹息了一声，一动也不动了。过了个把小时，杨大白话才让人把孟烈胸口的坏搬下来。

因为孟烈是骤然间去世的，没有拖累过子女一天，子女们都非常伤心，哭声持续了半天都没停。到了中午，前来吊唁的人渐渐稀了，杨大白话正准备安排大家吃饭，忽然响起一声女人尖利的惊叫，不像是人声儿，杨大白话吓了一跳，正四下里趸摸声音的来源，忽然觉得后脊背一阵发凉，头发都竖起来了。

孟烈不知什么时候又坐了起来，而且睁开了双眼，直视着他。

杨大白话抹了一把头发，就骂，你个老不死的，死了也不让人消停！有啥话说吧，说完了就好好走！

孟烈带着哭音说，你们哭得我难受，有小鬼用鞭子抽我，抽得我骨头都快断了，我听到你们哭就走不动，等我走远了再哭吧。

说完，缓缓地倒了下去，合上了双眼。

所有的人都惊呆了，院子里刹那间鸦雀无声。

杨大白话从惊悚中缓过神来，战战兢兢地上前，小心翼翼地拿过孟烈的右手，把了把他的脉，确实没有心跳。他稳了稳心神，把孟原叫过来嘱咐道，下午闭丧吧，让亲朋好友明天上午来吊唁，也给你的兄弟姐妹们说，让他们忍着点，明天再哭。

按照风俗，第三天下午四点入殓（把尸体放进棺材），四点半

"起灵"，送去墓地下葬。入殓时，人们都提着一颗心，但孟烈的尸体没有任何异常。

到了四点半，在响器班子的吹打声和孝子孝女们中的哭声中，杨大白话大喊一声：钉棺了！起灵了！

早有四个木匠站到了棺材的四个角上，左手各拿着一枚长长的钢钉，右手都握着一把钉锤。这也是当地的风俗，起灵前，用四根钢钉把棺材钉死，主要是预防在路上滚了棺，尸体掉出来。

四个木匠刚把钢钉放在棺材盖子上，只听"嘎吧"一声，棺材盖子的前头翘了起来，吓得四个木匠都后退了一步，紧接着，棺材盖子被掀开了，孟烈从里面坐了起来。

诈尸了！诈尸了……

抬棺材的、吊唁的、架孝的、打幡的、抱牌位的、拉席的、吹唢呐的、敲鼓的……各色人等，都惊叫着四散而逃！

孟烈骂道，谁他娘的诈尸了！是阎王爷他弄错了，又把我送回来了！

只有杨大白话和孟原没有逃，但杨总管已经瘫在了地上。

孟烈对孟原说，还愣着干什么！快给你爹弄吃的，饿死我了！

说完，孟烈一翻身就出了棺材，他踢了杨大白话一脚，才发现他已经吓死了。

孟烈的棺材和寿衣，都用在了杨大白话的身上。

白 貔 记

貔子，是兼有黄鼬和狐狸共性的一种动物，只在夜间活动，因多为白色，故也称"白貔"。

——题记

二十世纪六七十年代，鲁北平原一带多貔子。有关貔子的故事数不胜数。因故事中牵扯的人物，多是周围村庄的近邻友好，讲述者又言之凿凿，故不由人不信。

笔者村子东边，即是徒骇河，乃"大禹治水"时疏导的九条大河之一。历经数千年的大河，堤坝上丛林密布，灌木横生，暗藏着数不清的狐獾洞穴。一到夜间，这些生灵们便倾巢而出，四处活动。而堤上的土路，是村子直通县城的唯一出路，白天倒也太平，一到夜间，就会出现一些匪夷所思的怪事。

后村屠夫赵疤痢，冬日晚，在十里铺帮人杀猪，完毕后又和雇者痛饮一场，回家时，已是深夜。行至徒骇河堤坝，忽闻啼哭之声。循声望去，月色朦胧之中，见一白衣女子正趴在路边的一座坟丘上低泣。赵疤痢见她哭得可怜，就上前问道，姑娘，深更半夜的，你怎么一个人在这里痛哭？姑娘止住哭声，回转过头，小声说，俺娘刚死，俺爹又续了弦，后娘心狠，把俺赶了出来，俺无处可去，只能在娘坟上哭诉。赵疤痢借着月光一看，见这姑娘肤如凝脂，双目妩媚，又想起妻已携子回娘家，顿心动，说，姑娘要是真的无处可去，如不嫌弃，可跟俺回家。姑娘当即点头应允，并千恩万谢。赵疤瘌将姑娘领回家中，一番云雨，好不快活。二日晨，邻人赵四来串门。见赵疤瘌在炕上酣睡，而一只通体雪白、双目通红的貔子，正立在一边，作欲扑之势。赵四惊呼，畜生！那物受惊，逾窗而去！赵疤瘌惊醒，忆起昨夜之事，恍恍惚惚，犹在梦中。

第二年，一个盛夏中午，赵疤瘌骑自行车外出访友，独行于徒骇河大堤上。忽见一白衣女子拦在车前，言，大哥，能否捎我一程？赵疤瘌见姑娘有些面熟，当即允诺，遂使其坐于后座。行不到二里，对面遇上同村刘某，刘某忽满面恐惧，喊，屠夫！你后面是什么东西？赵疤瘌回头，见一道白光跃下后座，随即隐于灌木丛中。而那白衣姑娘，已经不见踪影。问及刘某，刘某称见一貔子蹲在车后座上。赵疤瘌摇头不信。当日晚，赵疤瘌访友归来，行至午间遇刘某之处，见前面站一白衣女子，依稀就是白天所见。那女子故伎重施，求赵捎他一程。赵疤瘌假意顺从，待女子上车，他一手握把，另一手入怀，掏出剥刀，朝身后就刺！女子惨叫声中摔下。赵疤瘌下车，见那刀已插入女子前胸。女子呻吟道，小女子只想和大哥嬉戏，并无加害之意……言未毕，现出原形，原是一只白貔。赵疤瘌将白貔提回家中，剥了皮，卖与皮货商人，得人民币一宗。貔肉炖了一锅，家人俱享。二日深夜，赵疤瘌于梦中惊醒，见炕前立一白貔，龇牙咧嘴。遂从枕下取出剥刀，一刀刺去，那物惨叫而倒，声音有异。忙取出灯盏点亮，大痛，中刀者竟是六岁爱子。后全力救治，终因刀中心脏，不治而亡。后，赵疤瘌终日持刀在徒骇河堤坝上寻貔，日久，头发胡子皆白，长过尺，如同野人。后不知所终。

鲁北农村，家家都有养鸡之风，少则几只，多则几十只。笔者幼年丧父，家母为维持生计，每年均养鸡数十。然，无论鸡窝怎样加固，都难逃被野物祸害。鸡为求自保，将院中的两棵枣树作为栖息之地。每日傍晚，鸡们纷纷振翅，先飞上院墙，再飞上树梢。再有野物来袭，鸡们狂飞乱叫，母亲惊醒，大声喝斥，野物便纷纷遁逃。笔者十六岁时，自制一土枪。每日晚饭后，在里屋伏案读写。临睡前，土枪便架于窗台，枪口对外。一夏夜，笔者刚刚熄灯，还未入睡，忽听外面有鸡叫之声，透窗张望，见枣树下立一物，高约尺半，通体雪白，二目莹绿，如灯笼般游动闪烁。遂持枪在手，拉开枪栓。此时，母亲已起身过来，小声示意不要开枪。然为时已晚，笔者扣动了扳机，枪未响，但撞针之声惊动那物，倏忽不见。二日，笔者请教一资深猎者，猎者将枪缚于一棵树上，扳机上系一长绳，二人于五米外埋伏，拉动长绳，枪响，枪膛竟爆炸。笔者心有余悸，百思不解：是魅作祟？ 枪有瑕疵？ 无解。

具 丘 山 记

我的出生地是山东省禹城县（1993 年撤县设市）后邢村，村人不足二百。村子东傍"大禹治水"时疏通的九河之一——徒骇河，河的东岸就是县城。村西三华里处，有一土冢，名"具丘山"。相传，当年大禹治水时曾在此具丘为山，登此丘察看地形水势，留下了这个"高十仞、广倍之"的土冢，人称具丘山。

明代时，为纪念大禹的功德，当地官府在具丘山上修建了禹王庙。清康熙五十三年，知县曾九皋募资重修，并置办庙产、招募僧人。雍正二年，地方官吏重新改建，比之以前宏伟壮观，香火更盛。

笔者幼时,常和伙伴们一起去具丘山上玩耍。山虽不高大,但有密密的槐林,茂盛的花草,深不见底的洞穴,倒也有趣,常常乐不思归。有时,还见到持土枪的村民堵着洞口,点燃了野蒿草,用蒲扇往洞里送烟,俗称"熏獾"。有一年秋天,马庄村人马四擒住了一只獾。那獾肥实,全身的黑毛油光水亮。那物经不住烟熏火燎,从洞口蹿出来,就陷进了网里,被马四摁在了地上。据说,用獾肉炼的油可治烧伤烫伤,很灵。马四正满心欢喜,旁边一位割草的老者摇头叹息道:作孽呀,祸害这家上的灵物,要遭报应的呀!马四不信,笑着将獾塞入背篓离去。不几日,马四在庄稼地里干活时,牛受了惊吓,把他踩在蹄下,一只腿落下了终身残疾。

很早以前,具丘山上的灵物们是与当地居民和睦相处的。一只受了枪伤的狐狸,被乡村医生邹先生治好后,患有不育之症的邹先生,忽然在自家的门洞里捡到了一个大胖小子,这个典故笔者已经写进了短篇小说《像风一样消失》里,在此不再赘述。但我们村二木匠给狐狸精修房子的事儿,还鲜为人知。

我们村是远近闻名的木匠村,家家户户都有木匠。二木匠,是跟自家大哥学的艺,大哥是大木匠,他就是二木匠了。那还是新中国成立不久,是个晚上,二木匠手里拿着锛,一个人走在回家的路上。木匠行有个规矩,出门干活,晚上回来时,其他工具都可以放在东家家里,只有锛,必须拿回来。这个说道,到底是个什么意思,没人解释得清。但有两种较靠谱的说法:一说是锛的刃如果钝了,比较难磨,放在东家家里,怕东家乱用,崩了刃;二说锛是木匠工具里刃最锋利、柄最长的,最适合防身。那时,出村干活是早出晚归,两头见不着日头,又都是靠步行,所以,手里拿个锛,可以防身壮胆。

二木匠喝了点儿酒,步行从具丘山的南边经过,他醉眼蒙眬中,忽见一老妇人,手提马灯,拦在路中。他握紧了手里的锛,惊问,你干什么？那妇人笑道,别害怕,俺家里有点儿活,想劳师傅去辛苦一下,必有酬谢。二木匠见天色太晚,稍有迟疑,后觉妇人言词恳切,就应了下来。随老妇穿过一片高粱地,来到了一宅院门前。妇人道,此门太过窄小,家人出入常挂破衣服,求师傅辛苦,把门改大一点儿。二木匠见此门只有框,没有门扇,边框犬牙交错,凹凸不平,想也是穷苦人家的,就用锛把门框的四面都刨下了一点儿,又全部刨平。妇人千恩万谢,并塞给他一个精致的锦盒。二木匠归家心切,不及细看,就急奔回家。第二天一早,二木匠打开那个锦盒,里面竟是十块银圆。惊诧之余,感觉酬资太重,遂送回。待顺原路返回一看,他昨晚来的地方,竟然是具丘山,附近也没有宅院。正奇怪间,忽然发现具丘山半腰的一棵古槐下,有一个深不见底的洞口,而洞口盘根交错的树根,被削得整齐有加,茬口崭新。二木匠愣了一阵,将那钱撒在洞口,转身走了。

晚上,二木匠做了个梦,那个老妇人冲他笑眯眯地说,师傅呀,咋就把钱退了呢？这是你应得的。二木匠说,这么多的钱,俺不敢要。老妇人说,那好吧,如果今后有了难处,就来这里找我,在树下点炷香,如果你看到树动了,就说出你的事儿来。

第二天醒来,二木匠以为这不过是个梦,而那晚上的遭遇,可能是自个喝多了出现的幻觉,遂抛脑后。

不久,二木匠新婚。以前,村里办席,所用桌凳,都由村人拼凑。恰巧,这天日子极好,本村有三门喜事。二木匠一家告借全村,只借到办两席用的,离十席之数相差甚远。无奈之间,忽然想起了那个梦。别无良策,决定一试。当晚,二木匠悄悄来到具丘山,按老妇人的嘱咐,在那棵古槐树下燃起了一炷香。香未燃下半寸,那棵槐树竟真的无风自动。二木匠又怕又喜,战战兢兢地

全民微阅读系列

说了自己所需。槐树却恢复平静，他等到半夜，周围仍无声息，只得怏怏而归。当晚，那老妇人又出现在他的梦里，对他说，明天日头出来之前，可套车来取，一定要自己来！二木匠点头应下，那老妇人才隐而不见。

第二天一早，二木匠醒来，虽对梦中之事半信半疑，但也不愿失信于老妇。就套上牛车，赶往具丘山。他赶到时，恰逢日出，朝阳之中，大批的桌椅整齐地码于古槐树下，细数，竟正是八席之数。

此后数年间，又有人仿效二木匠，前去具丘山借用桌凳，时灵验，时不灵验，凡不灵验之人，必是平日里奸猾刁蛮之辈。后经"文革"，山被挖，亭被毁，树被砍，再无灵验。

蛇 杀 记

钱如是，成功商人。女儿在国外读书，夫人伴读，自己独居郊外的一幢别墅里。

钱如是常年出入星级酒楼，吃厌了山珍海味，经常面对满桌佳肴，无从下箸。

一次去南方出差，偶尔尝到蛇宴，觉美味可口，归后仍念念不忘。但因北方人不吃蛇，各酒楼饭庄都不经营蛇菜。钱如是口馋难耐，竟想起了"自己动手、丰衣足食"那句名言。于是稍有闲暇，便持自制的蛇钳，手提藤篓，于田头沟沿上捕蛇。因当地无人捕蛇，蛇较多，钱每次出门均有猎获。北方无毒蛇，故无危险。

每次捕蛇回来,钱如是都亲自动手,剥皮、切段、洗净后,或红烧,或清炖,或辣炒,或黄焖,变着花样地做着吃,竟久食成瘾。

一初秋傍晚,钱如是在徒骇河堤下的草丛中寻蛇。忽见一大一小两条红花蛇正缠在一起嬉戏,遂伸钳挟之,先挟住了那条大蛇,小蛇慌忙往草丛深处遁逃。钱如是将大蛇放入藤篓,捂上盖子,疾步去追小蛇,小蛇并没跑远,追上,钳住"七寸",捉了回来。他打开藤篓,正想将小蛇放入,不想,那大蛇竟猛然蹿出,夺路而逃!钱如是把小蛇扔进篓内,捂严盖子,又去追大蛇。大蛇游动极快,几次下钳都没钳住,便挥钳砍之,竟砍下五寸多长的一截尾巴,那蛇负痛之下,游得更快,几下钻进草丛不见了。钱如是又寻良久,未果,只得捡起那截蛇尾,悻悻而归。

当晚,钱如是将小蛇处理干净后辣炒了一盘,自斟自饮了一瓶干红,酣然入梦。次日晨,忽忆起昨天的那截蛇尾,便想拿来剥皮剁了,暂存冰箱,待再抓住蛇时一起烹了。不想,蛇尾竟然不翼而飞了。哪去了呢?钱如是不喜宠物,只养了一条德国"黑背",用铁链拴在院子门前,无法靠近厨房。钱如是因是独身生活,对安全尤为注意,每入室均随手关门,睡前检查门窗锁,野猫野狗更难入内。正犯疑惑,电话铃响,接完电话,他匆匆出门,去见一重要客户。蛇尾之事,遂忘。

一日晚,钱如是在睡梦中,感觉有人在勒自己脖颈,惊醒后,按亮床头灯,见一条大红花蛇正缠在自己的脖子上,他顿觉魂飞魄散,拼命用双手掰扯,但蛇身油滑,用不上力,他便摸索着用力捏住蛇头狠攥,欲逼蛇松劲,蛇却勒得更紧,他眼前一黑,万事皆休。

钱如是醒来,已是第二日中午。那蛇还在他的颈上缠绕,却软而无力了,他在生命的最后时刻杀死了蛇,并活了过来。将蛇掷于地上,细看,蛇尾巴五寸处,有一圈明显的接痕,忽回想起那段丢失的蛇尾,顿心下骇然:蛇竟然找到这里自行续上了断尾,生命力太顽强了。

钱如是将死蛇丢在厨房的地上,开车去外面参加一饭局。

下午归来,他来到厨房,想把那条蛇剥了,伸手一提,轻飘飘的,竟是一张蛇皮。

钱如是冷汗袭身,蛇竟缓过来,跑了。他知道,那条蛇是来复仇的,它不会轻易放过自己。自此,每到晚上,钱如是便心惊胆战,不敢睡觉,他一闭眼,就觉那条蛇又缠上了脖颈。只好经常请朋友来家里喝酒、搓麻,用各种理由留朋友住下来,为己壮胆。

冬日来临,钱如是终于松了一口气。他知道,蛇是要冬眠的。

钱如是恢复了正常生活。

钱如是死于第二年的夏天。他的颈处有明显勒痕,警察便断定他是被人勒死在床上的。但门窗都锁得完好,没有一点儿被破坏的迹象。现场亦没有任何痕迹,侦破工作受阻。

此案一直悬而未破。

逃 逸 记

鲁北商人严士高,爱好驾车,虽腰缠万贯,却不聘司机,自驾"宝马"出入各种场合,酒后驾车已成家常便饭。

一夏夜,严士高连赶了两个酒场,饮酒过一斤,归时,已是晚十点有余。行至徒骇河堤上,酒意上涌,醉眼蒙眬,仍勉强支撑。

忽听一声惨叫,极其凄厉。忙踩刹车,下车借灯光一看,一女孩倒在车前,满脸鲜血。顿大惊,酒意已去半。他蹲下身子,仔细观望,见女孩上穿黑色西装,系红领带,下身着一黑色短裙,胸前佩戴一标牌:万春大酒店领班黄盈盈。严某激烈思索一番,终不想承担酒后肇事之重责,瞅前后无人,遂驾车逃逸。

几日后,严士高外出应酬晚归,行至城乡接合部一荒凉路段,忽见车前方现一行人,急踩刹车,按下窗玻璃,正想叱责,见前方竟空无一人。他将车灯全部打开,不断变幻远近灯光,氙气大灯将路面照得亮如白昼,仍不见人影,疑是花眼,遂上车继续前行。刚刚提速,那人又出现在前面,依稀是一女子,穿黑色短裙、着黑色西装。他连连摁动喇叭,那女子却依然慢慢行走,并不避让。他将车刹住,下车,正欲谩骂,人又消失。他再次上车,刚将车启动,那女子又现车前,轻飘飘地行走在马路中央。严士高已觉有异,决定从一侧绕过女子。不想,那女子犹如背后长了眼睛,严车靠左,她靠左;严车靠右,她靠右。严再下车欲与之理论时,人又消失。如是三番,严士高怒而生恶,加大油门,朝那女子后背撞去!一声巨响,那车竟撞在一棵大树之上,严士高从前挡风玻璃甩出,顿时魂归西天。

第二日晨,出现场的民警看到一辆"宝马"车撞瘪在一棵大杨树上,车主被甩在路边的一座新墓前,尸已僵硬。墓前立有一碑,碑上有字如斯:爱女盈盈,年方二十,夜遇车祸,身负重伤,贻误抢救,不治身亡,为父心碎,立碑纪殇。立碑人:黄××。

杀 猪 记

　　一九九三年早春,清晨,和敬民兄去田庄买猪。昨天敬民已经联系好,与卖主谈好了价钱。

　　见了那猪,我吃了一惊:那猪大似牛犊,鬃毛又粗又长;嘴长过尺,左右各有一颗獠牙兀出,白得有些阴森。离得近了,一股浓重的骚臭之气直逼过来,几欲作呕。这是一头六岁的种猪,已到了退役的年限。主人为便于它平日的交配,自幼年便在它脖子上系了一副铁链,那铁链一半被它磨得锃亮,离它远的那一半,却锈迹斑斑,还黏了些许粪便。交了钱,敬民顺手将铁链子一牵,我在后面拿根秫秸赶着,猪便顺从地跟着走了,铁链子叮叮当当响了五六里路,竟没有一丝挣脱的举动。

　　它当成了平日里去行那传宗接代的好事,安能不从?

　　屠宰场便在敬民家里。将铁链缠在一棵榆树上,勒紧。而后,我们在猪的右侧蹲下,敬民在前,我在后,互相交换眼神之后,共同疾伸双手,我抓两只后蹄,敬民抓两只前蹄,共同发力,往横里一拽,那猪先是右边的两蹄子离地,而后庞大的身子訇然侧倒。猪这才警醒,然而,为时已晚,它虽力大,但四蹄朝天,蹬不到地,千斤之力也无从发起,只能拼命嚎叫,对天乱蹦。不消片刻,我们将猪的前、后两蹄各用麻绳绑紧。我揾住猪的后半身,敬民用膝盖压住猪头,左手抓住猪下巴,用力一掰,猪脖子露了出来。随后,敬民就拿起了气刀,那刀窄长,锋利。敬民右手持刀,刀刃朝外，运力，将刀插入猪的咽喉，刀只进去半寸，已插不动。猪拼命挣扎，眼看已按不住。敬民满脸大汗，右手加力至发抖，刀仍不进。猪痛，一声大嚎，竟翻过身来，我俩均被甩在一边。那猪的四蹄一着地，只三两下，便将麻绳挣断，遂冲我扑了过来！缚它的铁链也应声而断！猪来势甚猛，两眼已现血光。我大惧，见一鸡窝依墙而垒，遂纵身跃上，稍一缓力，又跃上土墙，刚刚坐定，那鸡窝已被猪冲塌。猪接着撞击土墙，因土墙多年受潮受碱，墙根多处已经碱透，十分薄弱，被撞之下，竟剧烈晃动起来，差点将我闪下墙头。敬民于惊惧中醒来，抄起一铁锨，朝猪脑袋上猛拍一锨！那猪一声哀号，转身又朝敬民扑去！我从墙头跳下，寻了一把镢头，对准猪头乱砸。那猪见我们都抄了家什，不再攻击，围着院子逃窜。但大门早已锁好，猪无路可逃，周旋空间又小，便发狠，不顾我们手中的家什，向我俩轮番攻击！我们竟不敌，敬民躲闪之下，脚下一绊，仰天跌倒。猪欲扑，我持镢横在敬民身前，瞄准猪太阳穴，用力一击！正中。猪终于晕了，摇摇晃晃倒下。敬民翻身爬起说，快快！乘它没醒。重新将猪绑好，合二人之力，将刀插入猪之咽喉，血疾喷而出！喷出五尺有余！腥臊之气随之漫开。敬民几次欲呕，其妻拿一毛巾，给他蒙了嘴，才敢接近那猪。随后，卸蹄、斩头、削尾，敬民是老手，持刀在猪蹄、猪脖、猪尾的骨缝间游走，庖丁解牛般，只用五六分钟的时间，便已拾掇利索。接下来是剥皮，我持剥刀，先从咽喉的刀口处行刀，沿胸肚正中一路挑下去，直至肛门，挑出一条白花花的中界线。我和敬民各站一侧，从猪肚皮的中界线开始分别往两边剥皮。猪皮足有半寸多厚，抓到手里，直硬，弯不过来，且不能握紧，与以往所剥猪皮的柔软完全不同。敬民叹：怪不得刀捅不入，这家伙简直是铜皮铁骨。只好让刀离皮远点，贴着肉走，方能剥开。耳闻"噗噗"之声，如割老草。待剥毕，摊开，好一张大皮，如一床毛毯。剥了皮的猪通体雪白，仰卧皮上，如同雪堆。稍事休息，遂用铁钩挂住猪后臀，欲用撬棍将其挂上横架，但是猪太重，我俩气喘如牛，多次尝试而不成。遂唤敬民嫂，外出请两名青壮帮工，方才将其倒挂上架。开膛，依然是从肚皮开始，用尖刀轻划，恐伤及内脏肠肚。划至胸，一大砣肠竟溢出，欲坠。敬民将刀叼在嘴里，双手抓住大肠的尾处，用力一扯，一挂下水倾泄而出，落在地上的大盆里，腾腾地冒着热气，散发出淡淡的腥味儿。下水和心肝肺之间，尚存一层隔膜，敬民取刀，伸入膛内，左右各划一刀，耳闻"嗤嗤"之声，隔膜顿开。伸手入内，一掏一拽，一套心肝肺带着残血，连带着气嗓管子被卸了下来，随手丢在一个净盆里。

最后，需将猪肉分成均匀的两片。我站在猪的背面，左手把住猪腿，使其稳定，右手持砍刀，先轻轻浅砍一刀，在尾骨中间砍出一道豁口，然后，握紧了刀，对准那道豁口垂直砍下，一刀下去半尺，刀口正在脊椎中间。敬民赞，真准。随后一鼓作气，又砍数刀，终将猪肉分为两片。从刀口处看，猪通体只有薄薄一层白肉，如同棉絮，里面包的，全是红肉，肉丝粗赛牛肉。敬民说，这猪年头太久，普通人家，不易使其熟烂，只有送到火腿厂，高压高温焖熟灭菌，方可食用。我亦不想到市场去卖，招致食用者恨骂，遂同意。二人将两大片猪肉抬上三轮，送到了火腿厂。结算完毕，刨去成本，每人得人民币百元有余，相当于普通工人一月薪水。都大喜，且天已近午，就近入一饭馆，点豆芽、豆腐各一盘，伴地瓜烧一斤下肚，烂醉而归。

那头种猪五百余斤，在我杀猪生涯中，堪称杰作。后来我弃刀从文，弄墨二十余年，也未能有杰作超越。

鸡 香 记

笔者幼年家贫,长到八岁,尚不知鸡肉为何味。

人问我,什么最好吃?

我答,油条。

问的人便笑,听的人也笑。笔者不知所以,也笑。

一个周日,去同学家做作业,至中午,收拾书包回家,经灶屋时,一阵异香扑鼻而来,肠胃一阵翻滚,咕咕作响,问同学,什么这么香?同学答,俺娘在炖鸡。说罢,瞅见他娘不在,领我进了灶屋。一口大锅上,压着木头盖子,香气正从盖子周边和木头缝隙里溢出来。同学掀开盖子,探手入内,抓了一块鸡肉出来。那肉正烫,他受热不起,赶紧放到我的手上。我也经受不起,遂填到口中,虽烫得"咝咝"吐气,仍觉奇香无比,几口吞下,连骨头也未吐出。回家后才觉口痛,拿镜子一照,舌头上竟烫了两个大泡。自此,才知鸡肉乃世间最好吃的东西。

母亲常年养鸡,用鸡所生之蛋,换来平日所需之油盐酱醋。那时,农村多狸子、貔子、黄鼬等物,常来偷鸡,防不胜防。每丢一鸡,母亲必伤心数日。因此,不敢心存吃鸡之奢望。

一日凌晨,鸡叫之声兀起。母亲打开屋门,边喝责边拿手电筒往鸡窝处晃动。一只黄鼬拖着一只鸡,逾墙而走。天亮后,母亲沿着血迹,找到屋后的苇子湾里,寻回半只黄鼬吃剩的毛鸡。母亲将鸡褪了毛,剁成块,洗净,在大锅内炖出了满院子的香气。

兄妹四人，每人分了半碗，吃得风卷残云，滴汤不剩。

　　这年秋后，玉米入库，小麦播种。一只鸡吃了拌了农药的麦种，摇摇晃晃地回到家中，一头栽倒。我大喜，依稀闻到了鸡肉的香味。母亲却不慌张，拿了一把裁衣用的剪刀，划根火柴，把剪刀烧了烧，算作消毒。然后，将鸡抱在怀里，用剪刀铰开鸡膆子，把里面的麦粒子全部清出，又用清水反复冲了冲，然后，往鸡膆子里塞了几粒玉米，用缝衣针一针一针地缝合。母亲给它做完"手术"，将它放在了鸡窝前的草窝里，就不再理会。那鸡始终如死了般，半睁半闭着眼，一动不动。我觉得它必死无疑，便拿一支马扎坐在旁边，静静地瞅着它。秋阳照在鸡的羽毛上，反射着柔和的光泽，我忍不住用手在它的羽毛上摸了摸，光滑，柔软，一如用新棉花刚刚做成的被子。我的手刚刚离开，它竟动了动。我以为看花了眼，仔细看时，它的小眼睛已经睁开了，眨了又眨，然后，它缓缓站了起来。我甚感遗憾，到了嘴边的肉，就这样变回了鸡。

　　不几日，家里又丢了一只老母鸡。母亲在房后的苇子湾里唤了半天，也没有回音，只得黯然作罢。午后，我悄悄潜进了苇子湾，拨开已经枯黄的芦苇，对整个苇子湾进行了地毯式搜索。我最希望看到的，是半只被狐或貔吃剩的毛鸡，只有鸡到了这种状况，我才可以吃到。我花去了半天的时间，把苇子湾搜了个底朝天，也没能找到一根鸡毛，却意外地捡到了一窝鸡蛋，有七八个之多，总算对母亲有了一丝慰藉。自那时起，我即养成一嗜好，常于闲暇之时在草丛柴垛之旁搜索，希望发现鸡蛋或鸡雏，但终未能如愿。时至今日，每到郊区农村闲走，见了草丛柴垛，仍下意识地搜索一番，竟难改陋习。

　　那只老母鸡就这样消失在我们的生活里，没有留下一丝的痕迹。时光缓慢地行走在我幼小的生命里，对于吃鸡的渴望与日俱增,尽管我知道这只能是一个可遇而不可求的美梦。那只老母鸡淡出我们的生活之后,忽然又奇迹般出现了。那是一个星期天的上午,十点多的光景,它慢慢地踱着步子,像一个凯旋的将军。来到院子中央,它忽然伸展开双翅,从两翅下竟降下一群叽叽欢叫的雏鸡,我数了数,竟然是十一只。母亲听见声音,从屋里出来,见状大喜,回屋抓了一大把金黄的玉米粒子,撒在了它的身边。其他的鸡想凑过去分享,统统被母亲拿笤帚赶开。母鸡已饿良久,贪婪啄食,但仍不忘护雏,每见有雏走远,即用翅圈回身边。我心下一暖:这多像我们一家呀。作为"功臣"的老母鸡,终被母亲所杀。它已经养成了在外产蛋自行孵雏的习惯,俗称"不着调"。但外面着实凶险,它产的蛋不是被蛇所吞,就是被别人所获。母亲在一个月没看到它产的蛋后,终于狠下心来,拿它为我们兄妹解馋。那是我们家第一次杀鸡,也是全家吃到的第一只完整的鸡,每人得一平碗,大快朵颐。

时年,笔者十岁。至今忆起,鸡香犹在胸腔。但今日之鸡,远非幼时之鸡,再食,味同嚼蜡。

拯　救

朋友第一次来借钱,是一年多以前的事儿,说是生意不顺利,先借点儿钱维持家用,什么时候生意好,就还。他问我借一万,我就给了他一万。

朋友第二次来借钱,是半年前的事儿。事先,他先给我打了个电话,说是来还借我的那一万块钱。

朋友在我老家的那个县城,到市里来,要一百多里路。

我说,你就别跑了,给你个账号,你给我打过来吧。

朋友说,不行,我得亲手交给你才放心。

中午,朋友来了,我请他到一个小饭馆,相对小酌。

席间,朋友拿出了一沓钱,甩在桌子上说,你数数,正好一万。

我说,不用数了,你太客气了,如果再用钱,尽管说话。

朋友没有说话,端起一杯酒,一饮而尽。

那是高脚杯,二两半白酒,他一气就干了。

我也上了情绪,一仰脖子,也干了。

朋友问我,咱算不算好哥们?

我说,当然算了,都交了快二十年了。

朋友说,那好,我也不给你客气了,我正有个难处让你帮忙。

我说,有事你就说,别见外。

朋友说,我儿子——哦,我家你大侄子要结婚了,各方面要花钱,能不能先从你这里拿三万,你侄子结完婚收了人情钱,我立马还你。

我问,那大侄子什么时候结婚?

朋友说,就下个礼拜天,中午,你最好去捧个场。

我说,我尽量去。

朋友临走,又拿回了要还我的一万元钱,然后,又在我这里拿走了两万元。

朋友儿子的婚宴,我没有去成,让老家的朋友代我随了二百元钱的礼。

朋友的儿子结完婚后,我就等着朋友来还钱,甚至计划好了,他再来,我请他到附近刚刚开张的一家清真菜馆吃羊肉包子。

但朋友一直没有消息。我以为朋友忙，再等几天吧，等了一个多月，朋友还是没有消息。

就极不好意思地给他打了一个电话，空号。

打了多次，都是空号。

再打给他家的座机，是他妻子接的，听出是我后，马上说，我已经和他离婚了，现在房子归我了，他去了哪里我也不知道，你以后不要打这个电话了。

我隐隐觉出了不祥的气息。就给我们共同熟悉的一个朋友打电话，朋友很惊讶：哦！你怎么敢借钱给他呀，他把朋友圈能借的人都借遍了，因为讨债的太多，老婆和他离了婚，他也跑路了。

我又给另外几个认识他的人打电话，说法基本一致，现在他已经遭到多人的起诉，还有人雇用社会上的混混到处找他……

我知道，上当了，很气愤，也想起诉他，也想找几个混混教训他。但转念一想，不妥，毕竟我们曾经是朋友，他现在是在难处，我不能落井下石，那三万块钱，他以后有了再还，以后没有，就当丢了吧。

后来，听说，有人雇用了社会上的混混，到他家里，找他的前妻和儿子儿媳妇要，不给，就在他家里住着，到吃饭时就上桌和他们一家人吃饭，到睡觉时，就睡在他们家的走廊里。

我觉得不忍，就又给他前妻打电话。他前妻听出是我后，不高兴地说，不是告诉你了吗？我们已经离婚了，没有关系了……

我打断她说，你别误会，我是想请你捎个信给他，你们肯定会有联系，他联系你的时候，你告诉他，让他来找我，我想办法给他弄个事做做，挣些钱，慢慢地还账，这样一天到晚地躲债，到什么时候是个头？

他前妻的嗓门这才小了下来，连连说谢谢。

不久后的一天，朋友敲响了我工作室的门。

朋友满脸风尘，一进门就连连道歉，说他并不想骗我，但实在是没人可骗了。

待他表述完后，我对他说，我早打算好了，只要你来，我就给你找个住的地方，你就在这里跑跑腿，给杂志拉拉广告什么的，我给你待遇高点儿，最起码先让生活有保障，然后再慢慢地还账。

朋友又是一番千恩万谢。

从此，朋友就在我们杂志社上班了，当然，我没有告诉老家的人，怕有债主找上门来。

我因为要搞创作，不愿意往外跑，就把自己不愿意去的一些偏远单位介绍给他去跑。朋友以前就干过给杂志拉广告的活，是个内行，一个月下来，连工资带提成，他领了六千多，相当于我们这里一个副厅级公务员的工资。

发了工资后，朋友要请我吃一顿饭。几杯酒下肚，朋友很兴奋，一遍遍描述他的业务计划，表示要大干一场。我也替他高兴，觉得他翻身有望了。

酒至酣处，朋友说，我经常出去联系业务，也没有个证件，能不能给几张带公章的稿纸，我要去哪里时，根据需要，写个介绍信什么的也方便。

我一听这是有利于工作的事，当即答应了。

第二个月，朋友隔几天就向我汇报他的业务进展情况，看样子，挺顺利的。

快到月底时，朋友忽然跑到我的办公室，急火火地对我说，你得先借我一万块钱救救急，我发了工资后就还你。

我问，怎么了？

朋友说，一帮社会混混跑到我家里，又砸又摔的，不给一万块钱不走。

我问，你不是离婚了吗？

朋友面有愧色地说，假的，为了应付债主，要不，房子也保不住了。

我想，他这个月业务做得这么好，再加上个月的积累，应该能还上，就赶紧给他拿了一万块钱。

朋友拿走这一万块钱后，再一次杳如黄鹤，手机亦成空号。

我打他家的电话，已经报停。

几天后，会计小张告诉我，他这个月开出了两万多元的发票，钱却一分没缴，说是月底一块缴……

两个多月后，有两家银行给我打电话，找我那位亲爱的朋友。

朋友用我提供给他的带公章的信纸开了收入证明，办了两张额度为两万元的信用卡，目前，两张卡都已经足额透支，且已逾期……

我拿什么拯救你呀，我的朋友！

咱们离婚吧

一大早，尤伟就坐在沙发上抽烟，一根接一根，一会儿，就落了一地烟头。

妻子晓萌洗完脸，刚来到客厅，就踩着蛇尾巴般惊叫道，呀！抽这么多呀！你不是这几天胃不舒服吗？

尤伟不答话，仍然大口大口地抽，一张瘦脸被罩在烟雾中。

抽抽！抽死拉倒吧。晓萌一边说着，一边去厨房做饭了。

吃饭时，尤伟说没胃口。晓萌也懒得理他，把女儿送到学校后，顺路买了菜，回到家，看到尤伟还在抽，地上的烟头都摞成了小山，她气就不打一处来。

尤伟！你怎么了！不想活了！

尤伟头也不抬，却说出了一句让晓萌震惊的话：咱们离婚吧！

晓萌一怔，她意识到尤伟不可能开这种玩笑，而且，今天一早他就有些反常。

晓萌坐在尤伟对面，轻声问，为什么？你不是早就答应我和女儿，不再赌了吗？

尤伟深深地叹了口气说，现在想赌也赌不成了，你看看这个吧。

尤伟把一张纸递给她。

是一份医疗诊断书，晓萌看了看，没看懂。

尤伟说，我已经查出胃癌晚期，医生说，开刀也没有意义了，保守治疗，最多再能活三个月。

晓萌的泪一下子就涌了出来。丈夫常年整夜整夜地打麻将赌钱，整天泡在烟雾中，吃饭又没规律，她早就担心过他的身体，提醒过他多次，但他都当了耳旁风。这一下，她的担心，不幸应验了。

晓萌说，咱去最好的医院，用最好的药，也许，能治好呢。

尤伟苦笑了一下说，没用。再说，钱呢？

晓萌无语了，是呀，钱呢？自从尤伟迷上赌钱，家底早就折腾光了，还欠了一屁股赌债。现在，家里就只剩下这套两居室的房子了，还有好几个债主惦记着。

尤伟说，我对不起你娘儿俩，临死，也不想拖累你们了。我想这样,咱们办了离婚手续吧,房子归你们,债务归我,这样,起码我死了以后,你们娘儿俩不会露宿街头。

晓萌哭着说,不行!我不能扔下你不管,我们是夫妻呀!

尤伟表现得出奇的冷静,他等晓萌哭过之后,缓缓地说,我知道你不忍,可是,我们总该为女儿想想吧,如果我这样去了,那些债主都会找上门来,你这一辈子也还不完呀。

晓萌平生第一次觉得丈夫像个男人了,她真的有些不舍,可仔细想了想,丈夫说的在理,如果他去了,这套房子迟早被人抵债,她和女儿今后的生活也不会安生。

两人心平气和地办了离婚手续。

为瞒住女儿,尤伟走的那天,什么也没带,说是出门做生意。

出门前,尤伟将一个大信封交给晓萌说,这是我最近赢的五千元钱,留给你吧,我没用了。

晓萌不接,尤伟硬塞到她手里,头也不回地走了。

丈夫一走便没了消息。晓萌牵挂着,却苦于联系不上他,也找不到他,只能一心照顾女儿,打理店里的生意。晓萌开着一个裁缝店,从前生意是不错的,可后来丈夫迷上了赌博,她店里挣的钱,全给他填了窟窿。丈夫走后,晓萌一门心思全扑在店里,生意又一天天地好了起来,日子也有了起色。

这一天,晓萌去一家酒店送刚做好的工作服,刚进大厅,就见到一个熟悉的男人,和一个年轻女孩子手牵手地走出酒店,晓萌忍不住大喊,尤伟!

尤伟头也没回,倒是那年轻女孩子回了回头,两人就出去了。晓萌追到门外,见两人钻进一辆"宝马",风一般驶上大街。

晓萌以为自己认错人了。就又回到大厅。吧台的经理问晓萌,晓萌姐,你认识尤老板呀?

晓萌问,哪个尤老板?

经理说,就是你刚才喊的尤伟呀!他可是个大老板了,前些日子,买福彩中了 500 多万,离了婚,买了新房、新车,又娶了新娘子,新娘子可漂亮了……

后面的话晓萌基本没听清楚,她心里已经乱作一团。

后来,晓萌多方打听,终于证实了:尤伟确实中了 500 多万的彩票,就在他们离婚前。

消息传开,很多人为晓萌不平,让她去法院告尤伟,拿回自己应得的那份财产。

晓萌却很平静,晓萌说,他的心已经走了,要钱又有什么用?

晓萌仍旧过自己的日子。

两年之后的一个星期天上午,下着雨,晓萌正在店里忙活着,给聘用的几个女孩子分配任务,尤伟推门走了进来,淋得像个落汤鸡。

晓萌不理他,该干什么干什么。

尤伟在门口站了半天,终于开口了,晓萌,我、我想见见孩子……

晓萌笑了,你还没死呀,你不是胃癌晚期吗,怎么活了这么长时间。

尤伟无语,良久,才低下头说,晓萌,给我一百块钱吧,我想给孩子买点儿东西。

晓萌就扔给了他一百块钱。尤伟拿了钱,走了。

中午,晓萌回家时,见女儿正坐在沙发上,边看电视边吃着面前的一大堆零食。

她的前夫尤伟,坐在沙发的一个角上,怯怯地望了望她,低下了头。

晓萌直接进了厨房,先将饭煮上,然后炒菜。她炒了四个菜,一个个地端到餐桌上,然后对女儿喊,丽丽,叫你爸吃饭。

离 婚 记

米局长一回家就对老婆说,老婆,不好了,据内线提供的信息,龙腾公司的老总要出事了,他要出了事,弄不好就会牵扯到我。

老婆一听也慌了,这些年你违规给他办了这么多事,收了他这么多钱,查出来可就坏了。

米局长急得围着客厅直转圈。

老婆说,不行,咱主动点,把钱全交到纪检委,争取宽大处理?

米局长说,不行,现在毕竟还不到最后的关头,咱自己跳出来,这不是傻吗?再说了,那么多钱,以后还会有机会弄回来吗?

米局长又说,我倒有一个好办法,咱俩马上离婚,把财产全部转移给你,到时候我死不认账,他们也不会拿我怎么样,毕竟,我当了十几年的局长,和书记市长关系都不错,拿不到铁证,他们不敢轻易动我。

米局长说完这些话,发现老婆双眼直勾勾地盯着他看,他知道老婆在想什么,就拍了拍胸脯说,老婆,你放心,等风声过了,我一定会和你复婚的。

老婆还是直勾勾地盯着他看,看得米局长有些发毛了。

米局长诅咒发誓,风声过了,我一定和你复婚,如果我不给你复婚,叫我不得好死!

老婆这才点了点头。

于是,米局长起草了一份《离婚协议书》,俩人都签了字。那笔天文数字的钱,本来就是存在老婆账户上的,根本就不用转移了,当然,也不能写在《离婚协议书》上。

第二天,俩人到民政局办了离婚手续。

为了把戏演得逼真一些,当天,老婆就搬到米局长的另一套豪宅里去住了。根据《离婚协议书》,这套价值不菲的豪宅也过户到了老婆名下。

不到一个月,龙腾公司的老总果然被检察机关"请"了去。

谁都没有想到,老总当天晚上就在软禁他的十楼窗台上跳了下去。

米局长终于松了一口气,他知道,老总的纵身一跳,使很多人都松了一口气。

米局长赶紧给老婆打电话,老婆,我没事了,咱们复婚吧?

老婆问,复什么婚?

米局长说,我对你做过承诺的,等事情过去就复婚。

老婆说,可是,我并没有给你做过承诺呀?

米局长感觉事情有些不对,就问,你现在在哪里?

老婆却突然挂了机,再打,就没人接听了。

半小时后,满腹问号的米局长收到一封手机短信:

老米:

请原谅我的不辞而别,我已经在悉尼陪女儿好多天了,已经下定了决心,不回去了。

这些年,我感觉你离我越来越远了,你对钱的贪婪,对权术的玩弄,使我觉得你越来越陌生。尤其是你包"小蜜"的事儿败露后，我更是为你伤透了心，丢尽了脸。但是，为了女儿，为了我们的家庭，我一直隐忍着。那天我们办完离婚手续，我忽然感到一阵轻松，心情也没来由地好了起来。那时候我就想，如果我们这个离婚是真的，该多好……那套房子我也卖了，我现在花的都是卖房子的钱。以后，我要在这里找工作，自食其力。至于那些赃款，我已经捐给我们市的慈善总会了。你前面的事情我已经替你抹平了，以后的路该怎么走，那是你自己的事情了。

女儿也决定不回去了，不过，她还认你这个爸爸，答应每年回去看你……

看完短信，米局长跌坐在沙发上，呆了。

表白或者证明

对面楼上那间房子熄灯的一瞬间，乔字轻轻地对自己说，是时候了。

然后乔字就按动手机上的发射键，将早已储存在里面的一个传呼号码发射了出去。

乔字关上卫生间的窗子，迅速回到了客厅。客厅里有几个人在等着他打麻将，见他回来，纷纷嚷道，上趟卫生间这么久呀！乔字笑了笑说，对不起，这几天我肚子不太好。

"轰"的一声巨响，使屋子里的人都愣住了，即而，他们一齐拥到窗前。乔字也随着大家挤到窗户前，见对面楼上的那间房子已成了一片火海。

乔字知道,那间屋里的两个人必死无疑了,五公斤炸药,足以摧毁屋里的一切。

呀!这不是郝新和岳小珊的房子吗?怎么炸了?

赶快报警!人们顿时乱成一团。

郝新和岳小珊是一对新婚夫妻。郝新是乔字今生最大的仇人,岳小珊是乔字的前女友。

乔字对郝新的恨开始于他们相识的第一天。那一天,乔字和自己的同学兼女友岳小珊到这个处级机关报到,恰好郝新也来报到,并且和乔字、岳小珊分到了一个科里。相互认识后,岳小珊对乔字说,这个郝新真帅气!

乔字顿时心里有点儿不舒服,"哼"了一声,转身离去。

正式上班后,郝新因为热情、爽朗的个性,很快得到了同事们的好感,很有人缘。这使一向性格孤僻、沉默寡言的乔字明显相形见绌。最令乔字不能忍受的是:自己的女友岳小珊竟也与郝新打得火热,甚至只有乔字、岳小珊两人的场合,岳小珊的话里总少不了"郝新如何如何"的言辞,这使乔字对郝新的嫉恨逐渐升级。

乔字下决心一定要超过郝新,届时再扬眉吐气。这个机会很快就降临了。科里的科长退休了,副科长扶正,空出一个副科长的位子来。

乔字决定即使不择手段也要将这个位子据为己有。他一方面托在市里工作的表哥给处长打招呼,另一方面倾其积累,给科长和处长每人送了一份厚礼。后来,不知什么原因,科里悄悄传开了处里要提升乔字为副科长的消息,一些同事还半开玩笑半认真地叫了他几声"乔科长"。乔字嘴上说"别乱叫",心里却是美滋滋的,他想,等我当了副科长,一定好好修理修理郝新这个小子。

任命决定很快下来了，当副科长的不是乔字，而是郝新。

这一次对乔字的打击实在太大了。当他听到同事们一边叫着"郝科长"一边纷纷让他请客时，他心里像塞满了猪毛，扎得痛苦不堪。

福无双至，祸不单行。岳小珊也断然提出与乔字分手了，并且很快就与郝新出双人对了。

乔字感到自己再也无法从这个科里待下去了。因为一进办公室，他总感觉到一双双嘲笑、鄙夷的眼光在盯着他，他恨不得找个地缝钻进去。

就在乔字度日如年的时候，科里的小朱因为一件小事和乔字吵了起来，乔字终于找到了发泄怒火的茬口，他抓起桌子上的剪纸刀想与小朱拼命，被同事们拉住了。小朱骂道，威风什么呀，副科长让人抢了，老婆又让人抢了，一点用都没有的窝囊废！

这几句骂正中乔字的命门，乔字瘫坐在椅子上的一刹那，就下定了要报复郝新的决心，他绝不甘心当一个没有血性的窝囊废！

郝新和岳小珊很快就要办喜事了。这使乔字在痛心疾首的同时，想出了一个报复郝新的计划……

乔字是学电子的，他又从电视剧《紧急追捕》中得到启发，用了整整一个晚上的时间，将一只传呼机改装成了引爆装置，只要一打传呼，就可引爆。第二天，他又从电信局买了一个手机充值卡，这种卡可以不用身份证办理，谁也查不出来。

郝新和岳小珊办婚宴的时候，乔字混在同事们之中，神不知鬼不觉地将精心包装好的五公斤炸药放在了一大堆礼品中……

郝新和岳小珊的死震动了全城。公安机关迅速介入到案件的侦破中。但因为房间内的东西都已烧毁，没有查出任何有价值的线索。后来,刑警队的人从调查中了解到了乔字和死者之间的恩怨,就传唤了他。但因为乔字案发时正在家中,有四个"麻友"作证,而且警方也没有丝毫证据证明乔字有作案嫌疑,所以只好放弃了这条线索。

乔字回到科里后,见同事们正热烈地讨论着什么,见他进来,顿时鸦雀无声了。但乔字还是听见了最后的几句话:"我还真以为是乔字干的呢,没想到不是。""谅他也没那个胆儿!"之后的几天里,科里的话题总围绕着这起爆炸案,都说这个作案人手段太高明了,连公安局对此也束手无策。乔字孤独地坐在一边,他一手导演的这个事件好像与他一点儿关系都没有。这种感觉很快把乔字从复仇的快感里拽了出来,他渐渐地感到了气闷。他想,虽然我报了仇,而且活儿干得这么漂亮,但同事们都不知道是我干的,认为我没这个本事,我的仇不是白报了吗? 在同事们的眼里,我仍然是郝新在政界、情场上的双重败将……这一系列的想法顽强地占据着乔字的大脑,驱不走,赶不尽,而且形成了一股可怕的漩涡,将乔字卷了进去。乔字突然神经质地大吼了一声:郝新是我炸死的!

同事们都愣住了,既而哄堂大笑:吹什么大牛,瞧你那模样吧。

几天后,乔字终于向公安机关投案自首了。

乔字被判了死刑,临刑前,法官问他还有什么要求。乔字提出要见一见科里的同事。因他是投案自首,认罪态度又好,所以被批准了。

那天,已剃了光头的乔字站在全科人的面前,只说了一句话:郝新是我炸死的,这回你们信了吧!

绑　架

已经是第三天了，送钱的事儿还毫无消息。

二贵看着被绑在角落里的苟三，一根接一根地抽着劣质香烟，眼睛里布满血丝。

兄弟，给我一根烟吧。苟三哀求道。

二贵一言不发，从口袋里掏出已经挤扁的烟盒子，里面还有五根烟，全被挤得不成样子了，就像二贵现下的生活。二贵从中挑选了一根保留得较好一点的，送到苟三的嘴里，然后，替他点上。

二贵绑架苟三，纯属无奈。二贵是一个民工，常年在外面打工，结果妻子在家红杏出墙，后来抛下七岁的儿子跟一个男人跑了。二贵只得把儿子接到他打工的城市，送进了一家条件很简陋的私立小学。本来，爷儿俩在一起也挺好的，尽管儿子的学费用去了他每月收入的三分之一，可只要儿子在眼前，二贵就觉得这日子有盼头。不幸的是，眼下，儿子病了，住在本市的中医院里，医院张口就要五万元的押金，缴不上押金，医院就不安排手术。

二贵借遍了所有能借到的工友、老乡，只凑了一万多元。这些工友、老乡也都是建筑工地上的农民工，每到过年，老板才发薪水，平时，只发一点儿可怜的生活费。

被逼无奈的二贵决定铤而走险。在选择下手目标的时候，二贵想起了苟三。苟三是一个商人，年近五十，这几年赚了不少钱，在郊区一个风景秀丽的地方建了一栋别墅,娶了一个二十多岁的漂亮女人。二贵之所以想到他,是因为那栋别墅是二贵他们给建的。当时二贵还想,在这么个前不着村后不着店的地方过日子,如果碰到个什么事儿,喊破喉咙也没人听见呀。

二贵在苟三门前的树林里守了两天两夜,终于发现了苟三的一个习惯。苟三喜欢晚饭后在他别墅附近的野地里散步。于是,第三天,苟三刚一出门,就被二贵罩进了一只麻袋里,然后,二贵扛着他就跑。苟三在里面又喊又叫,又扭又踹,但丝毫不起作用。二贵一口气就把他扛到了这里。这是荒野里的一个砖窑厂,由于现在地方政府不允许再烧砖,窑就废弃了,但窑洞内很宽敞,且空无一人。二贵就把苟三扔在了一个不易发现的偏窑里,然后,掏出手机,让苟三给他老婆打电话,拿五万元钱赎人。

苟三给老婆打完电话后,居然笑了。苟三说,兄弟,你可把我吓坏了,我以为你要多少钱呢,这区区五万元钱,用得着使这种手段吗?

见二贵不出声儿,苟三又说,你知道你在干什么吗?这是绑架,是犯罪,看你的样子也不像坏人,你要真的有难处,找到我的门上,我会送你五万元的,你何必冒这个险呢。

二贵羞愧地低下了头。过了好久,他才含着眼泪把儿子的事儿说了。

苟三叹了口气说,你也不打听打听,我一年光救助穷困学生,就要掏几十万,你遇到这么个难处,给我说一声,我能不给你吗?你这么做是在毁自己呀。

二贵咬了咬牙说,只要儿子的病治好了,我就去自首。

苟三摇了摇头说,你自首了,你儿子怎么办?

二贵蹲在地上,双手拼命地抓自己的头发,一会儿,就落了满地的碎发。

苟三说，好吧，等钱送到了，我们就分道扬镳，这件事儿就当没有发生过。记住，以后可千万不能再干这种蠢事了。

二贵一个劲儿地点头。

三天过去了，两个人吃完了二贵准备的所有食物，钱却仍然没有送到。

电话每天都打，苟三的老婆每次都应得好好的，说是一会儿就送到。但却一直不见人影儿。

苟三有些担心了，他问二贵，这个娘们儿，她不会是报警了吧。

二贵用两只疲惫的眼睛直勾勾地盯着他，却一言不发。

苟三又说，不会的，她不会拿我的命做赌注的。

其实，二贵已经从内心里可怜起这个有钱人了。

就在刚才，女人给他发了一个短信，让他做掉苟三，她付二十万元。

二贵在心里掂量来掂量去。

苟三捐助穷困学生的善举二贵早有耳闻，在为他家建别墅的时候，二贵和工友们每天下了班后，谈得最多的，除了女人，就是苟三。

可是苟三怎么偏偏就娶了这么一个恶毒的女人呢？

二贵掏出匕首，走近了苟三。

苟三一惊，叱道：兄弟！别干傻事！你儿子还等着你呢。

二贵几下将苟三身上的绳子挑断，叹了口气说，我们都是可怜人呢，你有钱又怎么样？

说完，二贵扔下匕首，头也不回地走了。

直到走出这片窑场，走上乡间小路，二贵才有些害怕起来。

毕竟,是他绑架了苟三,如果苟三报了警,自己"进去"是小事,儿子怎么办?

他开始留意过往的车辆,想打车尽快赶到中医院,然后带儿子逃回老家,到了老家,兴许能在街坊邻居和亲戚们手里凑足儿子的手术费。

可在这荒郊野外,连辆出租的影子也见不着,私家车过去了几辆,可二贵怎么摆手人家也不停。二贵只得撒开脚丫子猛跑起来,累了,就靠在树上歇一会儿。跑了三个多小时,终于到了城边上,也终于打上了一辆出租。

二贵赶到儿子的病房时,发现床已经空了,一个护士正在收拾。他感到有些不妙,颤着声儿问,这床上的小孩呢?

护士边忙活着边说,进手术室了,估计这会儿快做完了。

二贵又找到了手术室,儿子刚好被推出来,见了他,微弱地叫了声,爸爸!

二贵的眼泪像小溪一样淌了下来。

推车的护士摘下了口罩,高兴地对他说,你儿子的手术非常成功,疗养一个多月就可以出院了。

二贵诧异地问,那,钱怎么办呢?

护士也诧异地问,你不知道吗?有位姓苟的先生刚刚为你缴了十万元,连后期的疗养费也足够了。

二贵脑子里灵光一闪:是他,一定是他。

二贵对儿子说,儿子,你在病房里等着爸爸,爸爸出去一下。

二贵想,等会儿见了他,一定给他磕个头,向他发誓,这钱我一定会还! 同时,还要告诉他,注意身边的那个女人……

可二贵刚出了医院的楼梯间,就见两个警察冲他走了过来。后面跟着的,是苟三,整张脸上写满惋惜。

救 援 记

　　姜涛最近不顺当。先是职称没评上,后来单位派人下基层挂职,本来想派他的,也被人给顶了。姜涛就请了病假,天天在外面转悠,找朋友喝酒。

　　这天下午,姜涛在城边的一家饭馆喝完了酒,一个人步行着回家。

　　姜涛想找条僻静的路走,就漫步走到了郊外。从繁华的都市走进荒草茂盛的野外,姜涛顿时感觉神清气爽。草丛中,竟然有一条两米多宽的水泥路,很干净。姜涛缓缓地走着,一边梳理着杂乱的思绪,一边欣赏着远处的树林、近处的花草,有时也抬头看看湛蓝如洗的天空。忽然,他脚下一空,整个人急剧下坠,眼前一黑,接着感觉自己下半身发凉,一股难闻的臭味儿钻进他的鼻孔。他不知发生了什么事情,努力让自己镇定下来后,感觉头上有亮光,抬头一看,头顶上,是一个圆圆的亮孔,透过这个孔,他看到了一片圆圆的天空。他恍然大悟:这是掉进下水道里了,怪不得呢,在这荒郊野外,哪来这么平整的水泥路呀,敢情那是下水道的盖板,而他掉下来的这个圆孔,应该是清洁工搞清理用的。姜涛的眼睛已经适应了周围的光线,眼前的事物已经隐约可见。这条下水道宽约两米,两壁都是用石头砌起来的,水深及胸,黑乎乎的脏水缓缓地流动着,散发着难闻的气味,让他有一种窒息的感觉。姜涛看了看,光滑的石壁上根本搭不上手脚,自己伸直双臂离上面尚有一米多的高度,没有外援,是根本不可能出去的。他掏出手机,想打110。打开手机,他的心冰凉冰凉的了,手机已经进了水,自动关了。一种无边的恐惧,这时才将他紧紧笼罩了:这周围荒无人烟,如果连续几天没人经过,自己肯定要死在这肮脏的下水道里了。他忽然张开大嘴,疯狂地大叫道,来人啊——来人啊……他明白,这样喊,声音传到外面,已经极其微弱,别说外面没人,即使有人,如果不是离得太近,也不会听见。但他不能坐以待毙,怎么着也得做最后的努力。他一声接一声地喊着,喊声里已经带了哭泣的声调,绝望的情绪让他忍不住泪流满面。这时,他想起了年迈的父母,辛辛苦苦将自己拉扯成人,自己还没有尽一份孝心,就这样不明不白地走了,也许,几个月后,到清淤的时候,自己的尸体才能被发现……他想起了妻子女儿,妻子一直是依赖他的,女儿更是一天也没有离开过他,没有了他,她们的天空都会塌下来的,谁会给她们的天空撑开一面温暖的保护伞? 职称算什么? 职务又算什么? 重要的是活着,只要活着,一切都是美好的……

嗓子喊哑了,姜涛绝望了。

这时,上面忽然一暗,一个人脸出现在圆孔上。

姜涛擦了擦自己的眼泪,仔细看,没错! 一个人正趴在上面往下看。谢天谢地!

没想到,一转眼间,那张人脸又不见了。

姜涛急了,大喊,哎——回来! 回来——

那人回来了,问,你有事吗?

姜涛说,你没看到吗? 我不小心掉进来了。

那人说,噢,那你下次小心点儿吧!

说完,那人又要走。

姜涛大喝一声,站住! 你不能见死不救!

那人站住了,往下看了看说,你死活与我有什么相干? 我这里还有一肚子的麻烦呢?

姜涛见这人有些不可理喻,怕他走开,就忙问,你有什么麻烦? 我可以帮你呀?

那人说,我女儿考上了大学,好几万块钱的学费,凑来凑去还差一万,我心烦,才走到这里的。

姜涛说,你女儿这一万块钱学费我出了,算是报答你的救命之恩。

那人解下腰上的皮带,垂了下来。姜涛的手刚刚够到,那人忽然又将皮带提了上去。

姜涛问,怎么了?

那人说,看来你这人很有钱了,我救了你的命,一万块钱太少了,给两万吧,我也想过过有钱人的生活。

姜涛说,你不过是举手之劳,一万块钱已经不少了,别太贪了。

那人说,那我告诉你一个省钱的办法,你顺着下水道走,走五里水路,一直走到污水处理厂那儿,让搅拌机搅碎了,然后就出去了。

姜涛说,好吧,两万就两万。

那人把皮带垂下来,拉了几次,终于把姜涛拉了上来。

姜涛大喘了几口气,看清眼前是一个四十多岁的瘦男人,像是附近的农民。

那人问,什么时候给我钱?

姜涛见他还坐在那个圆孔里,就一把将他推了下去。

那人在下面破口大骂,我操你妈的! 老子刚救了你,你就害老子……

姜涛呼吸着新鲜空气，一句话也不说。

过了好长时间，下面没声音了，他才问，你要死要活？

当然是要活了。那人骂也骂了，已经意识到了自己的处境，声音明显小了。

姜涛说，那好，三万块钱。

那人又骂，王八蛋！你想钱想疯了。

姜涛说，那你就按自己说的，走水路到污水处理厂吧。

那人说，好好，三万就三万。

姜涛把那人拽上来，笑着看他。

姜涛说，如果你刚才痛快地把我拽上来，一万块钱就到手了，你女儿的学费也齐了，多好。可是你，非得要两万，现在呢，你一分钱也没挣到，还得倒贴我一万，多不划算。

那人说，活着就好，会有办法的。

姜涛问，想明白了？

那人点头。

姜涛说，你想明白了，我兑现我最初的承诺，你女儿这一万块钱学费我出了，算是报答你的救命之恩。

那人用力抓住他的手问，当真？

姜涛说，当真！以后的那些交易，全当玩笑了。

那人问，你心这么好，为什么还要把我推下去？

姜涛说，你只有下去一次，才能体会到在上面体会不到的东西。

越来越像领导

刘大伟的好运纯粹是由一次偶然带来的。

那一次，厂里召开职工代表大会，厂党委书记郑来秋向职工代表们征求意见，代表们一个个都拣过年的话说，郑来秋的脸上便渐渐地失去了笑模样。刘大伟就是在这个时候"腾"地站起来的。刘大伟说，郑书记，我觉得材料库再让赵明这个家伙管下去，咱厂子就快完了！

一语惊四座，会议室里顿时鸦雀无声。

赵明是材料库的主任，是书记郑来秋的小舅子，他平时总将厂子当作自己家里开的，经常将厂材料库里的物资倒腾出去卖钱，大家都知道，但谁也不敢提这个茬。没想到，平生第一次当选为职工代表的刘大伟居然一下给捅了出来，而且，还当着全厂中层以上领导和职工代表的面。

郑来秋的脸"刷"地变得乌黑。

很多人都为刘大伟捏着一把汗。

良久，郑来秋才打破寂寞说，这事会后再议，下面继续开会。

众人都暗暗地松了一口气，以为这件事就这么过去了。谁也没有想到，仅仅三天之后，赵明就被调到车间当维修工去了。

这一下大快人心。但也有人私下里对刘大伟说，书记这只是做做样子的，你小心点吧，快倒霉了。

事情并没有按照人们的思路往下发展，而且越来越出乎人们的预料。刘大伟从车间调到材料库当了主任,后来又当了办公室主任、管后勤、保卫的副厂长……

就这样,刘大伟从一个普通工人青云直上,成了厂里的主要领导。起初,他并不在乎这些,他本来没有过当官的想法。但他渐渐地感觉出来了,当领导和当工人就是不一样。先是以前在车间经常拿他"大头"的车间主任见了他就点头哈腰,逢年过节还总给他"表示表示"。后是他在车间干活的老婆很轻松地进了车间办公室,当了又轻松工资又多的统计员。至于厂里的工人、街坊邻居见了他都"刘厂长、刘厂长"地献殷勤,更是不在话下了。刘大伟在备感滋润的同时,对郑来秋感激涕零。

接下来发生了一件很令刘大伟头痛的事。

书记那个不争气的小舅子赵明,因赌博输得一塌糊涂,竟然又将手伸向了厂里的材料库。这一次他干得比较有水平。他在一张作废的领料单上做了做手脚,从材料库里提出了价值近万元的材料,准备用来厂里送货的一辆外地车"捎"出去,结果被门卫当场擒获。

因刘大伟主管后勤、保卫工作,事情自然由他处理。

为了处理好这件事,刘大伟三天三夜没睡好觉,头发都熬白了大半。他绞尽了脑汁,终于拿出了处理方案:对赵明罚款五十元,并向厂保卫科提交书面检查。

处理方案公布的第三天,厂党委撤销了对赵明的处理方案,并重新对赵明做出处理决定:开除。

一个月后,刘大伟被撤销了副厂长职务,调工会当了一名干事。

刘大伟觉得很委屈,他找到郑来秋,含着泪问,我做错了什么?

郑来秋慢慢地踱着步子，围着刘大伟转了好几圈，才叹了口气说，其实，你没做错什么，只不过，你越来越像一些领导了，我喜欢的，是以前的刘大伟。

真假皮夹克

侯文海发迹前，最大的愿望是穿上一件货真价实的皮夹克。侯文海身材修长，一个偶然的机会里，他曾穿过一个同学的真皮夹克，那真是既潇洒又神气。

但一件真皮夹克要五、六百元乃至上千元，尚属工薪阶层的侯文海，每月只有300多元的工资，老婆又下了岗，日子总紧紧巴巴的，要攒钱买皮夹克，那只能将自己一家人的脖子吊起来。所以，一段时间以来，侯文海只能望"皮"兴叹。

但侯文海最终还是圆了自己的"皮夹克梦想"。他得到皮夹克的过程有点儿不太光彩。那一天深夜，他从朋友家里喝酒归来，走到一条偏僻的小巷时，见前面有个骑自行车的人影，借着昏暗的灯光，依稀看出是个女人。这时，那女人发觉了后面的侯文海，就加快了骑车的速度。侯文海知道女人害怕，怕他是坏人。一种恶作剧心理，驱使侯文海也加快了速度。女人发觉后，骑得更加快了。侯文海感到很好玩，正想再骑得快一些，忽然发现从女人的自行车上掉下一个黑乎乎的东西。他刹住车，弯腰将那东西捡起来一看，是一个女人用的坤包。他赶紧大声对前面的女人喊，喂，站住！快站住！女人骑得反而更快了，并很快拐出了小巷,不见了踪影。

侯文海的运气就是这样来的:女人的坤包里有 600 元钱,正好够他买一件真皮夹克的。

侯文海穿着真皮夹克出现在办公室里时感觉还挺爽的。但接下来的遭遇是他始料未及的。

同事们一见他都"哇"地怪叫着围了上来。司机小刘拽了拽领子说,呀,可惜是人造革的。

科员小赵很内行地抓住一块皮子攥了攥说,呀,仿得真像,一般人还以为是真的。

侯文海推了他一把说,去你的吧!这是货真价实童叟无欺的山羊皮夹克,在贸易大厦买的,花了 600 元呢!

这时,外号"老缺"的科长老周在旁边说,都甭看了,还用看吗? 小侯每月才挣 300 元钱,他拿什么买真皮的?

这个老周,平时最看不起侯文海,经常当众奚落他、挖苦他。平时侯文海全忍了,谁叫人家是科长呢。但今天侯文海实在忍不住了,他一转身将皮夹克脱了下来,找了个线缝,一用力"嘶啦"一声撕开了,然后他将皮子的里面翻出来,指着密密麻麻的毛孔问,你们看看,这是假的吗? 这是假的吗!

众人围过来一看,都傻了眼。只有"老缺"在一旁冷笑道,嘿嘿,现在连女人的胸脯都可以造假,在人造革上扎几个眼算什么?

一句话让侯文海差点儿背过气去。他终于明白:凭自己目前的身份、地位,根本就不配穿真皮夹克,穿上了也没人会相信是真的。

后来,侯文海下了海,先小打小闹,攒了一笔钱后又倒腾大的,五六年之后,终于发了财,成了大老板。

侯文海今非昔比,也赶起了时髦,找了个"小蜜"。那"小蜜"

才20岁出头，很会讨他的欢心。前几天，"小蜜"到东北老家探亲，回来时给他捎了件皮夹克，做工很考究。侯文海拿到手里一攥就知道是"高革"（一种比较高档的人造革）的。但碍于"小蜜"的面子，他还是当即穿在了身上。

就在这天下午，侯文海回家时，在原单位的生活区大院里正遇上"老缺"周科长。由于工厂已经倒闭，周科长也失了业，整天在大院内闲逛。周科长一见侯文海，立即迎上来，谦卑地说，侯总，什么时候又买了件皮衣？一看就是高档货。

侯文海淡淡地笑了笑说，哪是什么高档货，人造革的。

周科长讪笑道，开什么玩笑，你哪会穿人造革的。说着，他用手很小心地在皮夹克的下半截摸了摸，咂着嘴说，好、真好，得几千元吧。

侯文海笑道，人造革货，哪值几千元，一百元钱撑死了。

周科长仍不信。侯文海就脱下来，在一条线缝上一扯，扯开一条缝，翻出皮子的另一面说，你看，反面连个毛孔都没有，怎么就是真皮的了？

周科长说，现在科学技术高了，把毛孔处理平也是可能的。

侯文海大笑，他拍了拍周科长的肩膀说，不是科学技术高了，是你老兄看我的眼光高了。说着，他将皮夹克披到周科长的肩上，大踏步地向家门走去。

迷 局

徐小永大学毕业后,先是考了两年公务员,没考上,又考事业单位,还是名落孙山。他只好去企业打工,经常加班加点,才挣得一份微薄的薪水。

徐小永的家在一个小镇上,镇子是几百年的古镇,很有名。每逢双休,徐小永便坐车回家,与以前的同学好友喝酒玩耍。

镇子上有一家古玩店,店名很大,叫"博古斋"。店却很小,只有一间门脸,一个瘦瘦的外乡人整天守在店里。店里的生意也很冷清,半天见不到一个人出入。徐小永经常和老五、龙一凡、"骚狐狸"等几个中学同学在博古斋对面的小酒馆里喝酒。有一天,徐小永看着空无一人的街道,忽然有些替这个博古斋担心,生意如此惨淡,这个外地佬拿什么交房租、吃饭呢? 他心里想着,竟然随口说了出来。

龙一凡瞪着一双红红的牛眼说,你可不知道这一行,"半年不开张、开张吃半年",里面利润大着呢,这家伙,经常往老家汇钱,哪一年也得汇个十万八万的。

龙一凡在镇信用社工作,他的话绝对有根据。

徐小永在心里吃了一惊! 这个不起眼的小买卖,每年的收入竟然多他五倍,那他这个大学是白上了。

徐小永忍不住问,他整天在店里不出去,哪来的生意?

龙一凡说,这老家伙在这里待了四、五年了,附近几乎每个村子里都有他的"线人"，一发现有旧东西，就带他去看，他总是花很少的钱就把东西买下了，然后一倒手就赚大钱，而"线人"呢，也会得一定的好处。

徐小永毅然辞了职。

徐小永大学学的正是考古，因为太过冷门，所以总找不到合适的单位。如果再在企业这么混下去，这一辈子也别想在城里买房了。

第一步，他买了很多文物鉴定方面的书，每天坐在家里死读。等读得差不多了，他又扛着一箱好酒，找到了他院中的三大爷。这样，他将博古斋的房子就转租了下来。那房子是他三大爷的，徐小永给原来一样多的租金，他三大爷没有理由为一个外地人得罪他的侄子，就冷着脸将那个外乡人赶走了。外乡人搬走的那天，冲站在门口的徐小永深深地看了一眼，那一眼竟让徐小永打了个冷战。

不到一个月的时间，以前外乡人的那些"线人"，都被徐小永收到了麾下。

徐小永逐渐体会到了什么叫"开张吃半年"。他花二百元收的一个明青花瓷盘子，拿到省城搞古玩生意的同学那里，竟然卖了一万多元，这一笔就赚够了他以前半年的工资。有了钱，徐小永开始回报他的同学们。以前，喝酒总是别人买单，现在，他不但请龙一凡他们喝酒，还悄悄带他们到歌厅泡妞，很是逍遥快乐。

这年秋末的一个上午，石佛寺村的一个"线人"气喘吁吁地跑来，说他们村有一个菜农在屋后挖菜窖时，挖出了一个瓷坛子，让他赶快去看看。徐小永这时已经买了一辆二手的面包车，他拉着"线人"直奔石佛寺。石佛寺是个大村，离镇子也就五公里的样子，十多分钟就到了。那个菜农的家就在村子边上，靠近大街。

他的后院是一片白菜地，菜农挖菜窖就是为了贮藏过冬白菜。徐小永把那件东西拿到手里，心跳顿时加快起来。凭直觉，这是一件明成化官窑烧制的青花团菊蝶纹盖罐，是件真品。他强压抑住激动，不动声色地仔细鉴别起来：胎质纯洁细润，胎体轻薄，如脂似乳，莹润光洁；釉质肥厚，光洁晶亮；用手抚摸，有玉质感。他又看了看罐底的落款，也对，是"大明成化年制"，根据他的专业知识，明成化官窑的瓷器，落款都是六个字，"大明成化年制"或"大明成化年造"，凡"成化年制"四字及"成化"两字款者大多为伪作。他又将罐底对着太阳，从罐口透视，呈牙白色。种种特征都表明，这是个旧玩艺儿。徐小永偷眼看那个菜农，五十多岁的年纪，极瘦，一脸的皱纹。菜农正在用铁锹翻一块菜地，丝毫没有注意徐小永。

徐小永将罐放在地上，用脚踢了踢，问，大爷，您说个价，这个玩艺要多少钱？

那菜农头也没抬，边一下一下地翻着地，边说，你是行家，看着给吧。

徐小永见老头并不在意，就说，一口价，二百块，不卖你就留着腌咸菜吧。

那菜农仍没抬头，却撂下了一句狠话：少了十万，不卖。

徐小永吃了一惊，看来，这老头不简单呀！

徐小永问，大爷，罐子是不错，可也值不了这么多钱呀？

那菜农这才停止了翻地，冲徐小永笑说，俺虽然不懂，可俺表弟明白，俺给他打过电话，他说了，少了十万不卖，他正给联系买主。

徐小永又吃了一惊，他虽然不知道菜农的表弟是什么来路，但现在下乡收文物的多如牛毛，好不容易碰上一件，再让别人弄走,岂不亏了。更让他担心的是,据可靠消息,那个被他赶走的外乡人并没有走远,就在离这里最近的一个镇上落了脚,如果他得了消息,肯定会和他争。根据他的经验,这个罐子少说也值三十万,十万块钱买进,利润也非常大。

徐小永又尝试着压价,菜农态度却很强硬,少一分钱也不行。徐小永没有这么多钱,回去筹钱,又担心事情有变。没办法,他只得用车连罐子带菜农一块儿拉到了镇上。

这一年多,徐小永虽然挣了五六万块钱,但因整日喝酒泡妞,又刚买了车,手头上只有两万块。他到镇信用社找到同学龙一凡,又找了另一个同学做担保,贷了八万块钱,才把菜农打发走。

第二天一早,徐小永就开车到了省城文化市场,把罐子抱进他大学同学的店里。

同学仔细地观赏了一番,就问,在哪收的?

徐小永眉飞色舞地把收购过程描述了一番。

同学深深地叹了口气说,怪不得你这么聪明的人也会上当,这法子确实高明。

徐小永一怔,感觉到大事不好。

同学问,你是不是得罪什么人了?一般情况下,同行竞争,不会轻易使用这种毒计。

徐小永的脑子里,忽然闪现出外乡人那让他打了个冷战的眼神。

同学见他发愣,拍了拍他的肩膀说,别心痛,你也算长了长见识,学了一招。留着这个玩意儿,什么时候也到乡下找个可靠的亲戚朋友,唱一出戏,没准能把钱再找回来。

徐小永知道自己被那个外乡人算计了。但他不甘心,问同学,这叫什么计?

同学笑了笑说,这在书本上是学不到的,是古玩行里的一大发明,叫"埋地雷"。

凤 岐 画 苑

小城不大,却有"书画之乡"的美称。因书画盛行,多年来也就涌现出了很多书法家、画家。

在小城的画界,坐第一把交椅的,是莫凤岐,他是业内公认的第一高手,擅长写意牡丹、梅花和工笔山水、花鸟。

莫凤岐出了名,就有人偷偷模仿他的画作,拿到书画店里蒙人。敢于模仿他的人,都是有较深厚绘画基础的,所以,一般人根本辨不出真伪。常有人在画店买了画后,通过种种关系来请莫凤岐鉴定。每看到一幅赝品,莫凤岐便气得胡须乱抖,半天缓不过劲来。

后来,莫凤岐就在本市的晨刊、晚报上刊登出了一则声明,大意是说自己已经把委托到书画店出售的画作全部收回,今后凡有需要本人书画作品的,请直接到家中选购,并留了电话和地址。

莫凤岐的家,是一个临街的小四合院,他把临街的几间房子冲街掏了个门,简单装修了一下,就成了门市房,然后门口立一竖匾:凤岐画苑。屋内四壁上都贴满了画作,任人自由出入、观赏。

莫凤岐的画苑开始热闹起来了,每天来观赏、购买画作的人络绎不绝。一直喜欢安静的莫老爷子也一反常态,对来客都很热情。因为在这里买到的画,绝对都是莫凤岐的真迹,再加上莫老爷子对价格也不太在乎,成交率竟极高。

徐志远是一个房地产商人,一直酷爱书画。他最近刚刚搬进了自己修建的豪宅,打算买几幅莫凤岐的画挂在客厅里。但徐志远很讲究,也很谨慎,他一有时间就过来观赏,但从不问价。一直磨了半个多月,他才选准了画,买下了一组四扇屏的工笔花鸟,一幅四尺整张的写意牡丹"花香富贵",还有一幅半工半写的山水画"高山飞瀑"。这几幅画,都是极费工夫的,虽然贵了点儿,但徐志远觉得值。

徐志远把画拿到本市最大的装裱店"瀚墨斋"。"瀚墨斋"的老板是徐志远"发小",在这里装裱比较放心。老板把徐志远的画一幅幅展放在案板上观赏,当看到那幅四尺整张的写意牡丹时,老板忽然抬头看了徐志远一眼。徐志远笑了,有什么话就说,别用这种眼神看我。老板说,你也有上当的时候呀?在哪弄了幅赝品?徐志远相当自信地拍拍"发小"的肩膀说,我这是亲自从莫凤岐手里买来的,还能有假?老板说,那就奇了,我这里有一幅刚刚裱好的"花香富贵",也是从莫凤岐手里买来的,和你这幅一模一样。

徐志远随"发小"来到门市后面的装裱工作室,门口的墙上赫然倚立着一幅"花香富贵",和自己的那幅真的一模一样。

第二天,徐志远早早来到了凤岐画苑。屋里只有莫凤岐一个人,他对徐志远还是有印象的,见了他就笑,徐老板,这么早呀!徐志远也报之一笑,莫老早!他说着话,眼睛极快地扫视了一下室内的画作,在靠近门口的显眼之处,贴着一幅半工半写的"高山飞瀑",和他昨天买的那幅一模一样。徐志远指着这幅画说,莫老的手好快呀,昨天我刚刚买走,今天就又画了一幅,真是高手呀!莫凤岐的脸色明显暗了一下,但没说话。徐志远又问,莫老天天在这里亲自卖画，什么时间画画呢？莫凤岐叹了口气说，徐老板今天是有备而来呀！

　　莫凤岐把徐志远领到院内的一间西屋里。屋内一男一女正在专心画画，都四十多岁的样子。女人画的，正是昨天徐志远刚刚买走的那组四扇屏的工笔花鸟。徐志远今天本是来找碴、责难的，见莫凤岐竟如此坦诚，倒不知说什么好了。莫凤岐说，这两个都是我的学生，已经画了近三十年，艺术造诣都不在我之下，比我差的，就是一个虚名了。徐志远问，那么，他们画的画署上您的名字，算不算赝品呢？莫凤岐叹了口气说，从严格意义上讲，这仍是赝品，但弟子代师作画，古已有之，况且，他们的画艺已经与我比肩了，风格也和我一样，再盖上我的名章，这和真品有什么不同呢？徐志远一时不知说什么好。莫凤岐说，买画就是买一个好，他们画的已经和我一样好，和我亲自画有什么差别呢？与其让别人来粗制滥造赝品，还不如由我的学生来制造不逊于真迹的赝品呢。见徐志远仍不说话，莫凤岐又说，徐老板若是后悔买了那画，尽可退回。徐志远本是带着画来退货的，画就在门口的车里，但听莫凤岐这么一说，竟踌躇起来。莫凤岐说，徐老板不用为难，你今天不退，今后想什么时候退都是可以的，我会分文不少地全额退款。

　　退不退呢？饶是徐志远经多见广，一时也拿不定主意了。

面　子

　　画家莫凤岐的画作价格一路飙升，一张斗方竟然卖到了十万元，而且，少一分不卖。

　　曹伦是一位书画收藏家，非常喜欢莫凤岐的画。但曹伦是一个很精细的人，他既想收藏，又不想花大价钱，所以，他一直谋划着托一个能和莫凤岐说上话的人，少拿点儿钱收购一张。根据曹伦的经验，一般的书画家，都买记者编辑的面子，因为书画家离不开宣传炒作，所以，他们和媒体得维持良好的关系。但是，曹伦托了好几个资深记者编辑，都没有如愿。人家的头摇得像拨浪鼓，和莫凤岐讲价，想也别想。

　　曹伦不死心，下大本钱在本市最豪华的大酒店请本市的文化局局长和美协主席狠吃了一顿，请他们出面和莫凤岐讲情。他想，市美协凡主席还兼着省美协的副主席，再加上陈局长这个本市的文化官员，两人同时出面，莫凤岐不会不给面子了吧？

　　第二天，两位领导如约陪曹伦一起去莫凤岐家拜访。

　　莫凤岐住在一个叫杨树屯的小村，村子离城区不远不近，有五、六华里，一条笔直的柏油路直通。村子后面有一片盐碱地，寸草不生，村里花大力气治理过几次，但都没成功，一直荒着。后来，本村村主任经过上上下下的一番努力，终于，批下了手续，盖起了一排别墅。莫凤岐两年前在这里买了一套别墅，全家都搬到这里后，他深居简出，潜心画画，基本不和外界打交道。

文化局的陈局长是本地人,和杨树屯的村主任是初中同学。三人来到村里后,先找到村主任,由他领着,来到了莫凤岐的家中。

莫凤岐的态度非常客气,敬过烟、端上茶之后,就让家里人先安排饭。曹伦心里有了底:看来莫凤岐是不会驳凡主席和陈局长的面子的。

没想到,等凡主席说明来意后,莫凤岐的脸接着就冷了下来。他的眼睛直直地看着曹伦说,我的画,无论谁来,绝无二价;非常好的朋友来了,只可以分文不取地赠送,但绝不可以落价。我和您,还不太熟啊⋯⋯

一番话,说得曹伦面红耳赤,陈局长和凡主席也非常尴尬。

事已至此,饭也不好吃了,几个人只得快快告辞。

出了门,三个人都觉得失了面子。

村主任说,晌午了,到我家吃顿农家饭吧。

天气正热,几个人也不愿就此回城,便应了村主任。

村主任回到家,先安排老婆炒青菜,自己骑上摩托车,说是要去买点儿野味儿。

几个人吹着凉爽的空调,喝着茶,都无话。曹伦心里已经凉到了底:莫凤岐连这两位的面子也不给,看来,自己想收藏他的画,必须花大价钱了。

几个青菜端上来,酒也倒上了,村主任的摩托车也进了门。

村主任买回了烧鸡、熏野兔,一进门就吵吵着让老婆快拿去撕开,盛盘子里。

然后,村主任从腋下拿出一个牛皮信封,递给了陈局长。

陈局长问,什么呀?

村主任说,莫凤岐的画。

三个人同时"啊"了一声。

陈局长打开一看，可不，真的是一幅莫凤岐的写意人物画。

曹伦问，花多少钱？

村主任伸出一个巴掌说，五万。

陈局长狠狠地拍了村主任一下说，狗日的，你比我这局长面子还大呀！

村主任一咧嘴，嘿嘿，我一出门就打电话，让村里停了他的电和水。

考　验

刚到下班时间，我又开始犯愁了：干什么去呢？

以前，每天下班后，我都是和女朋友侯颖待在一起。可是，现在她去北京谋求更大的发展了。没办法，在这个城市，她在工作上总不顺心，换换空间也好。

手机响了。我接起来一听，是女朋友的铁杆姐妹儿何晓柳。何晓柳是搞电脑平面设计的，在一家规模较大的广告公司上班。以前，女朋友经常带她到我这里来"蹭饭"，挺熟的。何晓柳问，晚上请你吃饭，赏不赏脸啊？

我问，都有谁呀？

就咱俩，去吃烤肉，怎么样？

我想，女朋友不在身边，和她的姐妹单独吃饭，这总归不太好。就回绝她说，晚上我还有个应酬。

何晓柳说，我已经到你公司楼下了，要不，你带我去应酬吧。

我只得撒谎说，我已经出来了，在开发区明湖度假村呢。

何晓柳说，别蒙我了，我看见你的车还在呢。

我说，我没开车，是坐朋友的车来的。

这时，门开了，何晓柳风情万种地站在门口，绷着脸冲我冷笑。

我只得报以尴尬地傻笑。

没办法，我只得请她好好地吃了一顿，以示赔罪。

从这天起，何晓柳每到下班时间准时给我打电话，然后约我一起吃饭。我无奈，只得打电话给女朋友侯颖，侯颖在电话里轻描淡写地说，这有什么呀？晓柳又不是外人，你们在一块儿吃吃饭，能怎么样呀？

我一想，也对，是自己想多了。从此，我就心安理得地和何晓柳出入各种快餐店、大排档了。有熟人见了，还以为我又换了女朋友。

一个周末，何晓柳因工作上的失误被上司训了一顿，又被罚了款，心情很是不好。晚上吃饭时，她频频对我举杯、干杯，我劝也劝不住，结果我们喝了一箱啤酒，她醉得分不清东西南北了。我开车送她回家，但她已经找不到家了。没办法，我只得带她回到了我的住处，照顾她在床上睡下。

早晨，我刚从客厅的沙发上醒来，发现何晓柳坐在我的面前，眼珠一动不动地盯着我看。见我醒来了，她忽然羞涩地笑了一下，猛然扑在了我的身上，对着我的脸一通狂吻……我挣扎着将她掀到一边，有些气恼地对她说，晓柳，你这样不好，对不起侯颖对你的信任。

何晓柳的眼睛里闪烁着情欲的火苗，边向我身上靠近边说，侯颖走这么长时间了,难道你就不想……是我不够漂亮吗……

我再一次推开她说,何晓柳,请你自重,如果你再这样,我们就只能绝交!

何晓柳沉默了。良久,她才平静地对我说,你不要把我何晓柳看轻了,其实,这一切都是侯颖的安排,她一方面让我看着你,一方面让我试探你,她这样值得你对她这么忠诚吗?

我大吃一惊:侯颖竟然这么不信任我,我有些气恼,但没有表露出来,只是冷冷地说,她这么做是因为爱我、在乎我,为了爱,这种错误是可以原谅的。

何晓柳忽然泪流满面,她流着泪看了我半天,然后一言不发地走了。

大约一周后,我收到一封侯颖的挂号信,挺厚的。拆开一看,真的傻了:里面是十几张我和一个陌生女孩子半裸着身子在一起亲热的照片。

我想,这么简单的电脑拼图不会骗了侯颖吧?就赶紧打侯颖的手机,打通后,侯颖很平静地对我说,你不用解释了,你自己寻花问柳也就罢了,可你不该把晓柳也用酒灌醉后欺负了……

我说,不是这样的……

侯颖已经关了机。

我把何晓柳约到了一家茶社的雅间里。我问,为什么害我?

何晓柳又一次流泪了,她说,开始的时候,我只是侯颖考验你的一个道具,可是,经过考验,我发现你是目前非常稀有的好男人,错过了你,我怕会后悔一辈子……

我没等她说完,就站了起来。

何晓柳拦住我问,你不是说,为了爱,有些错误是可以原谅的吗?

我说，这不包括侮辱和陷害。说完就走出了茶社。

我怀揣着同何晓柳谈话的录音，开始给侯颖打电话，起初，她的手机一直是关机，几天后，就成了空号。打她的公司，却被告知她已经辞职不知去向了。

侯颖在我的世界里蒸发了。现在，我正徘徊在北京的街头，苦苦地寻找她，我已经没有了与她重修旧好的想法，只是想告诉她，并不是所有的事情都是眼见为实的，有时候你亲眼看到的，恰恰是假的。

胡一刀的爱情故事

胡一刀初中毕业没考上高中，也没考上中专，就跟他屠夫舅舅学徒，几年后学成了一个小屠夫。

胡一刀的真名叫胡宗南，和一个历史人物同名同姓。"胡一刀"这个外号，是他当上屠夫后获得的。

县城的农贸市场里，有个全城出名的地痞，叫范老九。范老九生得人高马大，却什么事儿都不干，每天穿行于各个铺面之间，收取保护费。对于肉案子后的这些屠夫们，他不收钱，只收猪腰子，每头猪的两只猪腰子，都是他的。他收了后，再高价卖给饭店。因他身强体壮，打架还不要命，所以没人敢跟他硬碰。他也被人举报过多次，但终因犯的事儿太小，关个五六天就放出来了。惩治最厉害的一次，也不过是公安部门搞运动时把他弄到车上游了游街。他不但不在乎，反而把这些劣迹当作唬人的资本，动不动就喊，老子都七进七出了，也不在乎多进去几次，有种就去告我！

胡宗南刚来农贸市场卖肉时，见范老九挨个肉案子收猪腰子，从东头收到西头，收完后转身就走了，连句话都没有。而屠夫们呢，该干嘛干嘛，就像没看见他一样。胡宗南不明白怎么回事儿，还以为他是老客户，早晚给钱呢。等范老九走了，别人才告诉他，这人拿腰子是不给钱的，不仅如此，猪腰子还贵贱不能卖给别人，早晚给这人留着，否则会有麻烦的。

第二天，范老九收猪腰子收到胡宗南这里，刚伸出手，胡宗南就用割肉的刀子把两个腰子压住了。

范老九诧异地抬头看了看他，问，想干吗？

胡宗南说，不干嘛，给钱，连昨天的一块儿给。

范老九笑了，左右看了看其他卖肉的屠夫们，屠夫们也都笑了。范老九说，小兄弟，刚来的吧，还不懂规矩。

胡宗南也笑了，说，俺只懂得公平买卖，不想懂什么规矩。

范老九将手提袋放在肉案子上，捋了捋袖子。鲁西北的汉子们，想打架时或向对方表示要动武时，都是先捋袖子，这是通用的信号，也是对弱者的示威。

胡宗南放下刀子，也往上捋了捋袖子说，想打架呀？你也不一定能打过俺。

范老九上下打量了一下胡宗南一米八五的个头儿，还有裸露出的胳膊上突起的腱子肉，又笑了，兄弟，咱俩这体格，要动起手来谁也沾不了光，咱就叫个板吧，你不是有刀吗？有种的，一刀把俺捅了！没种的，乖乖地按规矩办事儿。

胡宗南拿起了那把锋利的尖刀。

范老九明显地怔了一下子。

这时,附近卖肉的、卖菜的,赶早来采买的男男女女都围了上来。

胡宗南说,捅你？捅了你俺还坐牢哩,不划算。说着,拿刀就在自己的左胳膊上割了一刀,血一下涌了上来。

范老九拿起胡宗南扔给他的刀子,也在胳膊上割了一下,血也涌了出来,不过,伤口明显要浅,血流得也不多。

胡宗南不屑地看了看范老九的伤口,重新拿过刀子,把左手的小拇指平放在肉案子上,刀光一闪,在人们的惊呼声中,一截手指在肉案子上跳了起来,然后,落下,再跳起来,再落下,还兀自不停地蠕动。

范老九恐惧地看着胡宗南递过来的刀子,忽然一转身,挤出人群,跑了。

有种呀！很多人都挑起了大拇指。有个看热闹的焦急地喊,别光顾着表扬他,快送医院哪,还能接上呢。

由于离医院近,那截断指真的接上了,但却远远不如以前灵活了。

从此,范老九再没来收过猪腰子。

事发的当天,屠夫们纷纷议论说,这个小胡,眼都没眨呀！

真有种,一刀就把自个儿的手指头剁下来了！

简直是个胡一刀呀！

恰好,电视上正热播孟飞、伍宇娟版的电视连续剧《雪山飞狐》,大侠胡一刀的名字正在人们的口头上热着,有人一提这个茬儿,人们就都管胡宗南叫胡一刀了,偏偏他又是个天天拿刀的屠夫,不久,"胡一刀"就在周围叫开了。

一个初秋的晚上,胡一刀去和一家饭店的老板结算肉钱。由于老板自己兼着厨师,等炒完菜,已经是晚上十点多了。两人算完了账,老板见胡一刀还没吃饭,心里过意不去,就炒了两个菜,留胡一刀喝了个小酒儿。饭后,已经是凌晨了。胡一刀骑上他那辆满是油污的自行车回家。

我们村子和县城之间,隔着一条大河,叫徒骇河,是大禹治水时疏通的九条大河之一。所以,胡一刀回家,必须经过徒骇河大桥。这一晚,他刚骑上大桥,就听见桥中间那块儿有吵闹声,间或还有女人求救的声音。他赶紧猛蹬了几下,来到了桥中央。借着月光,他见五六个男人围着一个姑娘,正撕扯姑娘的衣服,姑娘拼命呼救。他大喊一声就冲了上去,三两下就将他们拽开了。那姑娘一见,哭叫着扑上来,抱住了他的一只胳膊,把头紧紧贴在他的胸前。那几个男人见只有他一个人,一边叫骂着,一边呈三面合围之势冲他逼了上来,有两个,还掏出了锃亮的匕首。那姑娘吓得全身发抖,紧紧抓住他的胳膊不松手。他只好搀扶着那姑娘,一步步地后退着,直退到桥栏上。其中一个拿刀的男人说,小子,快滚开就什么事儿也没有,再管闲事就给你放放血!胡一刀见突围无望,忽然拦腰将姑娘抱了起来,一用力抛向了桥下。在那姑娘的尖叫声中,几个男人也同时发出惊呼,还没等他们明白过来,胡一刀翻身越过桥栏,急如流星般向桥下坠去!

桥上的几个男人面面相觑了片刻,赶紧逃离了。

胡一刀和那姑娘先后落水,他抄起姑娘的一只胳膊,让她的头在外面露着,然后用一只手奋力向岸边划去。

一会儿就上了岸,那姑娘因呛了一口水,咳嗽了半天。咳嗽完了,姑娘说,你真大胆,淹死俺咋办呀?

胡一刀说,俺是在这条河里泡大的,有俺在,保证淹不死你。

姑娘是县化肥厂的工人,刚下了夜班,就碰上了这么一帮流氓,要不是胡一刀果断地带她跳了河,后果真是不堪设想。当下,胡一刀将姑娘送到了家门口,姑娘问,你是哪村的,叫什么名字?胡一刀说,俺是五合庄的,叫胡一刀。

几天后,胡一刀接到了一封信,信很简单:胡大侠,我想和你谈恋爱,你若同意,星期天上午十点到上次救我的地方见面。朗剑秋。

不久,农民屠夫胡一刀找了个漂亮工人老婆的故事,在当地传为佳话。

要知道,二十世纪八十年代初的工人和农民,也就是非农业户口和农业户口之间,还隔着一条很大的鸿沟呢。

窥　视

这些天以来,小苟每天都看着钟点盼天黑。因为每天晚饭后小苟要干一件他非常愿意干的事——看王莹洗澡。

小苟是偶然发现了王莹有每晚洗澡的习惯的。小苟的宿舍离女宿舍很近,有一天晚上小苟从王莹的宿舍门前经过,听到屋里传出了"哗哗"的水声。王莹是单位的一级靓女,小苟又处在对女人很感兴趣而又缺乏深入了解的阶段,所以小苟很想看看光身子的王莹是什么样子。开始时小苟试图从门缝里瞅,结果门缝太严,什么也看不见。小苟就又猴急地蹿到屋后,想从后窗户上做点文章。后窗户是大玻璃,可是王莹在玻璃的里面贴上了报纸,小苟急得抓耳挠腮,只看到报纸上印的一只大熊猫的轮廓。后来小苟终于想出了一个办法,他乘王莹到前院的水池边洗衣服的工夫,悄悄溜进王莹的宿舍,把后窗户玻璃上的报纸抠了一个黄豆粒大小的小洞。

第二天,小苟见王莹仍然像个快乐的天使,在办公楼里飞上飞下,胆子就大起来。到了晚上,小苟贼一般溜到王莹宿舍的后窗下,透过那个黄豆般大小的小孔往里窥视。这一看,小苟蓦地呆了!王莹正一丝不挂地在屋里洗澡,小苟看到的是王莹的侧面,那洁白如玉的肌肤和起伏有致的线条淋漓尽致地展现在小苟的眼中,立时使二十岁的小苟体内发生了异样的变化。

自此,看王莹洗澡成了小苟每晚的必修之课。小苟并不想怎样,他只是想看。有时小苟也想再看一次就不看了,可是小苟最终没有抵挡住那种美妙的诱惑。小苟感到自己正滑向罪恶的深渊,而他又没有能力控制。他一方面感受着王莹的青春躯体带来的刺激,一方面还承受着罪恶感带来的痛苦。小苟矛盾极了。

小苟终于下定决心,再看一次绝对不看了。小苟下这次决心的时候正在王莹的窗下。下完决心后小苟毅然将眼神从室内抽出来。小苟正为自己的勇气感到自豪时,右肩被人不轻不重地拍了一下。小苟一哆嗦,回头一看是另一个科的小宋,就尴尬地嘿嘿了两声。小宋也嘿嘿了两声,没说什么,两人就都离开了。

第二天晚饭后,小苟决定以散步的方式消磨睡觉前的这段时间。小苟走来走去竟鬼使神差地又来到了王莹的宿舍后面。小苟暗骂了自己一声"馋狗离不开肉架子",正想离开,猛然发现王莹的窗下站着一个人。小苟想谁接了我的班,就悄悄地走过去,在那人的肩上不轻不重地拍了一下,那人一哆嗦,回过了头,竟是小宋。小宋尴尬地冲小苟嘿嘿地笑了两声。小苟也报之以两声干笑。两人就离开了。

第三天晚饭后,小苟又来到王莹的宿舍后,想看看小宋是不是又来了。他往后窗户那地方一看，顿时又惊又怒，后窗下竟站着三四个人，在争先恐后地抢占着最佳位置，最活跃的是小宋。

小苟大喊了一声，来人了！人群才"哄"地一下散了。

一种难以言说的痛苦时刻压抑着小苟的心。这种痛苦里包含着愤怒、懊悔、嫉妒和无奈。最令他难受的是还蒙在鼓里的王莹，她整天仍然像一个快乐的天使，在众人面前飘过来飘过去。她一点儿也没有感觉到人们看她时那异样的目光。她那美丽的裸体已被人看到了，而她一点儿也不知道，小苟觉得她可怜极了。

小苟决心将那个孔补上，给这件事画上一个句号。在一个星期天的上午，小苟乘王莹去水池边洗衣服时，又悄悄溜进她的宿舍。小苟掏出随身携带的化学胶水，拧开盖子，将胶水涂在那个小孔上，然后从口袋内掏出一张指甲大小的小纸片，贴了上去。做完这些，小苟退后几步，认真地看了看，觉得挺满意，就将胶水装在自己口袋里，想转身溜走。小苟刚转过身，就惊得差点儿尿了裤子。王莹正站在门口，静静地看着他。小苟做贼心虚地看了看后窗户，一时不知说什么好。

你出去。王莹轻轻地说。

小苟忐忑不安地度过了这个星期天。第二天一上班，小苟就被一个消息击晕了：王莹昨天晚上服安眠药自杀。

小苟醒过来之后就变了一个人。从此，小苟的口袋里经常装着胶水，见到窗玻璃就往上贴纸，整个办公楼上的玻璃都被他贴上纸后，他被送进了精神病院。

王莹服药自杀，但被抢救过来了，之后她就调走了，走得很远，谁也不知她去了哪儿。

噩　梦

出了医院的大门，老梁的心情比阴沉沉的天空还要灰暗，他抬起头，感觉西天那透过云层的光晕，也弥漫着死亡的色调。

三天定生死。医院让他三天后来拿鉴定结果，如果确诊是癌，那么，他在这个世界上的时间将按天计算了。刚刚四十出头的他，事业上刚刚有了起色，却要被这个世界删除了，他忽然觉得心里特别不甘。

回到宾馆，老梁一头栽到床上，两眼呆呆地望着天花板，大脑一片空白……

不知过了多久，门铃响了。老梁拖着沉重的双腿，打开了房门。

门口站着一个漂亮的姑娘，而且，仅穿着短裤和胸罩。

我可以进来吗？姑娘笑得很甜。

老梁一把将她拉了进来。以前，老梁出差经常碰到这事儿，每次老梁都把人拒之门外。可这次老梁一下就想通了，反正没几天活头了，何必还苦着自己。

老梁脱光了衣服，还没上床，门铃又响了。

老梁过去，透过猫眼一看，是服务员，就将门打开了一条缝，问，有事吗？

门的两边忽然冒出了一男一女两个警察。

一切都已无法解释，男警察看了看屋内的两个裸体说，你们先把衣服穿上。

老梁匆忙把衣服穿上后，就打开窗户，顺着落水管向楼顶爬去。

那个小姐喊，你干什么？危险！

这一声喊，让老梁先为自己的逃跑行为吓了一跳，继而为自己敏捷的身手吃了一惊。他住的十二楼是顶层，仅三五下，他就爬上了楼顶。

警察从楼梯上追了上来。一男一女，成掎角之势，将老梁逼到了楼顶的一个角上。

老梁说，放我走，不然我就跳楼了！

那个男警察逼近了老梁说，你别自寻死路，这么点事，值得吗？

说着话，男警察忽然扑了上来，抓住了老梁的肩膀。老梁拼命一挣，男警察一个趔趄没有站稳，竟跌下楼去。

老梁一看出了人命，害怕了。他对女警察说，妹子，我、我不是故意的，我、我跟你走，你、你要、要给我做证，我不是故意的。

女警察说，你只要不跑，我会给你做证的。

老梁跟女警察下了楼，被一群人塞进了一辆警车里。

稀里糊涂的，老梁就被判了死刑。

行刑那天，老梁看到了自己的妻子和女儿，她们相拥着，远远地望着他，声嘶力竭地哭喊着，泪水流成了小溪。

老梁瘫软在地上哭了，呜呜地哭出声来，哭出了一肚子的悔与恨。

两个警察把他架起来，让他跪在地上。这是老梁在很多电影电视中看到的镜头，没想到今天竟然轮到了自己头上。

砰！一声枪响！

老梁跳了起来！

老梁跳起来一下就摔在了地上。

老梁醒了。老梁这才明白自己做了一个长长的噩梦，而脸上的泪，还在汹涌地流淌着。

老梁缓过一口气来，看了看手机，已经深夜零点了。

老梁倚在床头，回忆刚刚做过的噩梦。他把所有的细节都在脑子里过了一遍，结果越想越是后怕：幸亏是梦。

因为在现实生活中，如果他遇到梦中的这些情况，他也会像梦中这样做的。

老梁出了一身的冷汗。

这时，门叮咚响了两下，很悦耳。

老梁从猫眼里往外看了一眼，是一个仅穿内裤和胸罩的小姐，很漂亮。

老梁拉开门。

我可以进来吗？小姐笑得很甜。

老梁一脚踹了出去，还捎带了一句粗话：去你妈的！

顿时有两个警察从旁边走了过来，问，怎么回事？

老梁说，她深更半夜穿成这样来敲我的门，你说是怎么回事？

警察奇怪地看了他一眼，把小姐带走了。

三天后，老梁拿到了医院的鉴定结果，良性的。

出了医院，老梁长出了一口气，自言自语道，多亏了那个噩梦呀。

签　名

　　我和舌头的关系属于泛泛之交。舌头年近四十,是搞网络公司的,但爱好文学,在一个偶然的场合上认识之后,经常帮我主编的杂志拉点儿赞助。接触多了,他也就不拿我当外人,经常带他的朋友和我吃饭。当然,他的朋友几乎全是女朋友。

　　舌头的女朋友很多,但经常在一起玩的不外乎两三个。如果我没有正式的酒场,他叫我的时候,我一般都不会拒绝,欣赏着美女,喝着美酒,再有几个佳肴,我相信思维正常的人都不会拒绝。有时,吃完饭,还去歌厅唱一会儿歌,或者去泡脚,不折腾到半夜不算完。折腾够了,他就会带着女朋友回家过夜。舌头在这个城市有好几套房子,不同的女友会跟他回不同的家。舌头有一次喝多了告诉我,他之所以愿意和我在一起吃饭,有两个原因:一是和我在一起,觉得有档次;二是作为一个已婚男人,带女孩子出来吃饭,是有一定风险的,如果被不该看到的人看到了,他可以把人推给我,说是我的什么人就可以搪塞过去,如果碰到老婆查岗,我还可以为他证明。舌头说的话,我一般只信一半,这句话,我相信后面那一半。每次在酒店碰到熟人,他都是先介绍我,把我吹捧一番后,再介绍他的女朋友:这是邢老师的学生,我也刚刚认识。舌头每次说这句话的时候,我都觉得他特别厚颜无耻。这么多年过去了,我不知道他共硬塞给我多少这样的"学生",我"被老师"了多少次。如果舌头带的女孩,是刚刚认识的,他多半在给我打电话约饭局时,让我带一本自己的书,签名送给那女孩。吃人家的嘴短,我只好从命。我出的一本自己比较满意的书叫《善良的回报》,出版社给我了一百本样书,我送了经常联系的文友大约四十本,其余的,全签名送给了舌头的女朋友。舌头的女朋友,给我印象最深的是章萌萌,她身材修长,皮肤姣好,而且举止得体,是舌头系列女朋友中比较出色的一个。章萌萌供职于一家私人模特学校,经常外出表演,所以,终身大事就不及时,从二十出头一晃就晃到了二十七八,这才给舌头这种人有了可乘之机。认识章萌萌那一天,我刚刚从网上书店买了二十本《善良的回报》,没办法,出版社给的样书都让舌头用完了。从新华书店买,一分钱的折都不打,三十元钱买一本书,连我都觉得贵。网上只要十二元钱,印得也挺好,拿不准是不是盗版。顺其自然地,我就在扉页上签下了:请章萌萌女士惠存。

我的另一个泛泛之交的朋友,叫光头。光头年龄比较大,五十出头的样子。我们认识纯属萍水相逢。我每天下午有锻炼的习惯。每天下午四点之后,我都会在锦绣川公园,沿河散一会儿步,再做做俯卧撑,引体向上什么的。这个时间,公园里的人很少,大多数人们,还是习惯早晨锻炼。光头就是为数不多的下午锻炼的人。我们经常碰面,起初是熟视无睹,后来见面点点头,笑笑。再后来,就有简单的对话:"今天来得早呀。""今天天气真好。""走呀。"当然,这都是废话。时间久了,休息的时候,我们就有了交谈。光头在国企工作,担着一个比较肥的差事,这一点,从他的座驾"奔驰600"上可见一斑。光头很孤独,几年前丧妻。有一个女儿,去了加拿大就没再回来。他不太喜欢交际,所以,只有生意上的伙伴,而没有朋友。后来,他知道我是写小说的,对我有了一种刮目相看的态度。他曾经说过一段很让我佩服的话:一个人如果生活无忧，再有一个比较高雅的精神王国，就是最成功的。

舌头最近换女朋友比较频繁，他认识章萌萌以后，这个毛病已经收敛了不少，没想到又犯了。我这才发觉，章萌萌已经淡出了他的生活。我问过一次，他不耐烦地回答，嫁人了，别再提她。但那一天，他的话很少，很快就喝醉了。

春天了，公园里的垂柳发了嫩黄的细芽，不几天就绿成了一片。这一天天气非常好，有微风，空气里飘荡着淡淡的花香。这一次，我是在停车场碰到光头的。我完成了自己的项目，要开车离开的时候，光头刚好停车。他摇下玻璃，示意我停车。

光头下了车，随他下车的还有一个年轻的孕妇，看样子已经怀孕五六个月了。令我没想到的是，这个孕妇竟然是好久不见的章萌萌。好一会儿，我没缓过神来，是光头拍了我一下，我才清醒的。光头说，这是我的妻子章萌萌。我礼节性地握了握章萌萌的手，感觉手很凉。光头把我介绍给章萌萌时，章萌萌像第一次见我时一样，轻轻地点点头说，邢老师好。

光头让我给他妻子拿一本书。我打开后备厢，发现只有一本书，就是曾经给过章萌萌的那本《善良的回报》。我正想关上后备厢，然后再推说没书了。但光头已经看到了，他拿起那本书对我说，你给签个名吧，萌萌比较崇拜作家。

我非常尴尬，但还是拿起笔，想想，签下：做了母亲的女人，是最美的——赠给准妈妈章萌萌。

章萌萌接过来看了一下，眼睛有些红，她忍了忍，有泪水从眼角溢出。

光头不好意思地笑了，你看她，激动成这样。

我在想，舌头要是看到这一幕，会有何感想呢。

歧视的惩罚

我在建筑队的时候,最拿手的活儿是砌砖。

后来,我当了一个小头儿,承包了一个工地,俗称为"掌线",官称为"工长",管着百十个人。

这天,公司的朱副总来工地视察。老朱是八级瓦工出身,行内的砌砖高手,有过一天砌砖2000块的纪录。他在工地转了一圈后,我带他到办公室喝茶。后来,不知道什么原因,我们把话题说到了砌砖方面,互不服气,越说越僵,就换上工作服,爬上脚手架,各起一段墙比试起来。一个小时之后,我和老朱的汗都下来了,但各自砌的那面墙也完成了,工人们评价,不相上下。我们相视一笑,都觉得过瘾。这时已经是中午了,我留老朱吃饭。

出了工地,就有一家新开的"肥羊羊"自助火锅店,每人五十元,羊肉管够,啤酒和散白酒可随意喝。我昨天刚在这儿吃过,还不错。我和老朱都累了,就打算在这里"凑合"一顿。谁知,我们刚到门口,就被瘦猴般的老板挡住了,他呵责我们:干什么的?

我一惊,不怒反笑了,能干什么?打酱油能到你这里来吗?

瘦老板说,不行,来我们这儿消费的,除了公务员就是白领,像你们这种一年吃不了几次馆子的民工,我们接待不起。

我这才发现,我和老朱都没有换衣服,都穿着建筑工的工作服呢。

我赶紧说,我们是搞管理的,只是忘了换衣服,我们不会像民工吃那么多的。

瘦老板把头摇得像拨浪鼓，不行不行，您二位还是别处请吧，要不让保安轰你了！

老朱身家数千万，到哪个大酒店也有漂亮的女经理高接远迎，哪受过这个气，脸都紫了。

我怕他发作起来不好收场，就拽着他离开了。我们到底还是回去换了衣服，然后他开车带我去了一家四星级酒店。

老朱是个有仇必报的家伙，喝着酒，他还是对刚才的事儿耿耿于怀。我也很气愤，表示要"教育"一下那个瘦猴般的老板。一瓶"古贝春"下肚，老朱的坏主意也出炉了。

按照我的安排，第二天一早，大家七点就上了班。

十一点，都下了脚手架，然后洗脸、换衣服。

十一点半，所有的弟兄们都进了"肥羊羊"火锅店。把所有的座位都坐满后，还有几个坐不下，就让服务员加了椅子。

瘦老板已经认不出西装革履的我了，见来了这么多人，小眼睛亮得像夜明球。

大家开始风卷残云般大吃大喝。我的这些弟兄，都出自农村，真像瘦老板说的，一年也上不了几回馆子，平时都吃五六个馒头，这下逮住了涮羊肉，都往狠里造。半个小时后，菜架子上的羊肉和柜台上的啤酒都空了，餐厅内一片"上羊肉""上啤酒"的叫喊声。

这一顿吃下来，弟兄们平均每人吃了二斤羊肉，喝了六瓶啤酒。瘦老板的脸都绿了。

第二天、第三天照旧。

瘦老板看出事情不好，第四天，他开始采取措施，让保安在门口拦着。但是区区两个保安，哪里是百十号民工的对手。况且，有些民工,长得也是一表人才,西服一穿,谁也弄不清是干什么的。老板打了"110","110"五分钟就赶到了,一问,民工们很委屈,我们拿钱吃饭,触犯了哪门子王法呀?"110"把瘦老板熊了一顿:这警能随便报吗?再乱报,就算你扰警!

瘦老板的脸像霜打的茄子。

第五天一大早,瘦老板就来到了工地办公室,进门就点头哈腰,求我"高抬贵手"。

我说,我们可以收手,但是,我们工地的午餐费是每人五元,为了"教育"你,我提高到了每人五十元,每天多出四千五百元,四天共一万八千元,这笔钱得你出!

瘦老板当即就蹦了:你、你这是敲诈!

我微笑着说,你可以报警,可以去法院告我,要不,我们继续去吃,要不,你就关门别干了。

瘦老板的小眼珠子转了几圈,终于泄了气,他小心地凑到我脸前问,能不能少要点儿?我做个小生意也不容易。

我说,我们当民工的就容易了,到处被人看不起,花钱吃饭都进不了门。

瘦老板哭了,我错了还不行吗?我再也不敢瞧不起民工了。

我冷冷地说,做错了事是要受到惩罚的,这就是对歧视的惩罚。

《卖油翁》新编

冬天无事,被村人称为"小精人"的赵小利睡到日上三竿才起床。他正想上茅厕,大门外传来了叫卖豆油的声音。

赵小利出了大门,见一高大的魁梧汉子推着独轮车,边走边吆喝,打油喽——打油喽——独轮车的两边放着两个油桶,恐怕每桶不下百十斤。汉子穿着极为破旧,身上的衣服补丁摞着补丁,四方大脸,表情略有些痴呆。

赵小利问,你的油多少钱一斤?

那汉子憨憨地答,一块五。

赵小利说,人家别人卖的可都是一块四。

那汉子又笑着说,一块四就一块四。说着话,放下车把,把车停稳。

赵小利见汉子答应得爽快,暗暗后悔价给得高了。他见桶沿上挂着油壶子,就搭讪着问,你这一壶子多少?

那汉子将壶子摘下来说,一壶子四两,两壶子半斤。

赵小利以为自己听错了,往前探了探头又问,多少?

那汉子说,一壶子四两,两壶子半斤。

赵小利重新打量了一下那汉子,问,大兄弟,你是哪个村的?

汉子不好意思地搔了搔后脑勺说,很远,东北乡刘胡庄的。

赵小利说,哟,这可三四十里路呢。大兄弟怎么称呼?

汉子说,俺原本叫刘大青,俺村里人都说俺傻,都叫俺刘傻青,反正你进村一说找傻青都认识。说完,就摸着后脑勺"嘿嘿"地傻笑。

赵小利回家拿来了塑料油桶,说,看你这么远也不容易的,就打五斤吧。

那叫刘傻青的汉子就给他整整打了二十壶。赵小利迅速地从心里算了算,一壶子四两,两壶子是八两,二十壶子就是八斤,他正好多给了三斤油。付完钱,赵小利回到家里,赶紧拿出秤来称了称,果然,整整八斤,秤杆还撅得老高。

中午,赵小利让老婆用新打的油炒了个菜,嘿,这油还真是不折不扣,香着呢。

不到半天,赵小利打油占便宜和"一壶子四两,两壶子半斤"的故事就传遍了整个村子。

村里有好事的女人便三三两两地涌到赵小利的家里。每来几个人,赵小利都会声情并茂地讲傻子卖油的故事,听得人直咋舌,都说,这个人,还真是个傻青。有人还拿起赵小利盛油的塑料桶子左看右看地研究那油。赵小利便极得意地叼着烟,坐在椅子上吞云吐雾。后来,不知谁突然说了一句,不知那个傻青还来不来?

这一下,引起了众人的兴趣,都攒足了劲,等那傻青来了后多买点儿。最后,众人一致决定,不管谁看到那个傻青来卖油,都不准自己吃独食,得挨家送信。

村人们望眼欲穿地等了半个多月,那个汉子真的又推着独轮车来了。

最先看到他的是支书的女人王香香,王香香一看见他,就觉得很像赵小利说的那个人,王香香就问,哎,卖油的,你的油是一壶子四两,两壶子半斤吗?

那汉子放下车把，不好意思地摸了摸后脑勺说，是的是的，一壶子四两，两壶子半斤，都卖了好几年了。

王香香大喜，一边风一样跑回家拿了个大油桶，一边嘱咐男人从大喇叭上给广播一下，就说卖油的来了。

不消一刻，小小的独轮车旁就围满了打油的人。

那叫刘傻青的汉子可忙坏了，不断地打油、收钱、找钱，大冬天的，竟忙出了一脸的汗。

两大桶油，足足有二百斤，就在一袋烟的工夫全部打完了。还有一些没打到油的，不甘心地围在独轮车旁问那汉子，还来不？

那汉子就憨憨地笑，一边擦汗一边说，来，来，不来油卖给谁。

汉子在众人恋恋不舍的目光中推着他的独轮车走了。

中午，家家户户的房顶上都飘起炊烟的时候，打了油的人们都涌上街头，聚到了刚才打油的地方。人们中午都用新打的油炒了菜，却一点儿香味也没有。她们打的，是几毛钱一斤的菜籽油还兑了一半的水，这个当可上大了。

人们愤愤地怒骂了一通那挨千刀的汉子后，有人忽然说，赵小利怎么没出来？

又有人说，好像打油的时候也没见到他。

人们又都涌到了赵小利的家里。

赵小利仍然叼着烟吞云吐雾，等众人说完了骂完了之后，他才不紧不慢地说，这一次，我一斤也没打。

王香香问，你怎么不打？

赵小利说，我总琢磨着不对劲儿，我还想起了那句老俗话：南京到北京，买的不如卖的精啊。

众人一听，又纷纷指责他：你怎么早不说，眼看着我们这些乡亲上当？

赵小利冷笑了一声说，早说？早说你们谁肯听我的？你们能放弃到手的便宜吗？

众人哑然。少顷，尽散。

暗　访　记

春风拂面的夜晚，街上灯光灿烂。

一个花瓶般的女孩子站在路边，双目顾盼生辉。

我走了过去，走近了，女孩子冲我一笑，先生？你按摩吗？

我问，多少钱？

女孩一笑，竟笑出了几分姿色，有几分动人。

女孩说，很便宜的，只要五十元。

我说，确实便宜。

女孩说，那我们走吧。

我跟着女孩，穿过一条弯弯曲曲的小巷，又横拐竖拐地转了几个弯，来到了一间出租屋里。

女孩说，脱衣服吧。

我说，按摩还要脱衣服吗？

女孩说，先生别开玩笑了，这年头，谁还不懂这个呀！

我说，那，这样得多少钱？

女孩说，也不贵，一百元钱。快脱吧，来到这里的，没有一个不脱的。

我说，你灭了灯，我再脱。

女孩拉灭了电灯。

我说，我脱完了，你脱吧。

女孩说，我也脱完了，你来吧！

我小声说，你稍等，我得等上来情绪。

女孩说，我帮你。

我说，不用。

几分钟后，门忽然被撞开了，同时，灯光大亮。几个男人闯了进来。

为首的一个秃头冲我亮了亮一个红皮的东西，说，我们是派出所的治安巡逻队，你是干什么的？

我问，你怎么巡逻到屋里来了？

秃头说，有人举报，这里有卖淫嫖娼的，请你跟我们回去协助调查。

我说，我什么都没有干呀，有穿着衣服嫖娼的吗？

几个人这才发现我衣服穿得整整齐齐的。就一起转头看那个女孩，女孩还光着身子，缩在墙角。

有一个人问，你是不是刚穿上衣服呀？

我根本就没脱！不信，你问你们的搭档。我指了指缩成一团的女孩。

几个男人都吃了一惊，你什么意思？我们怎么是搭档？

我笑了，我说，我不知道你们是不是真的接到了所谓的举报，我倒是接到了很多举报，人家举报你们"钓鱼"，我是来暗访的。

几个男人面面相觑，那个女孩则飞快地站起来，手忙脚乱地穿上了衣服。

秃头问，你你你……是干什么的？

我掏出记者证。

几个人的脸都变了颜色。

秃头说，你是记者，也不能证明你就没有嫖娼，明星还有嫖娼的呢。你是被抓住了拿记者身份蒙我们。

我用力拍了拍手，门外进来两男两女。

我说，我给你们介绍一下，这些都是我的同事，一直跟在我的后面，嫖娼有带同事的，但有带女同事的吗？

秃子耷拉下了脑袋，几个人都耷拉下了脑袋。

第二天一早，我就把这篇稿子在自己负责的版面上发了出来，题目是《本报频频接到×××派出所"钓鱼"举报，记者卧底暗访揭开事实真相》。同时，我将稿子传给了省报。转过天，省报也报道了这件事情。

这天，我正端详着省报上自己的稿子自得，总编用内线电话喊我过去。

总编的脸上带着歉意的，甚至是谦卑的笑。总编脸上一带这种笑，我心里就发毛，准没好事儿。

总编说，你的那篇关于派出所"钓鱼"的稿子，在社会上引起了很大的反响。

我说，这是好事呀，很多媒体因为死气沉沉还造假新闻呢，咱这可是实打实的真事儿。

总编咽了口唾沫说，可是，这件事情给我们市带来了非常不好的负面影响……

我隐隐感觉事情不妙，就虚张声势，这有什么不好，我只是维护了正义，这是新闻工作者最起码的良心……

总编用手势制止住我说，你不用多说了，你说的，我都懂。是的，你没错，可是，现在上头让我把你解聘……

我一下站了起来！脸涨得通红。

总编赶紧双手按住我的肩膀，边往椅子上按边说，我知道，这对你很不公平，可——我不这么做，就得从这个位子上走开，换个人来，还是得解聘你，只是多了我一个牺牲品而已，老弟呀，很多事情，等你年龄大了，就看开了，你还很有前途，到哪里都是一把好手，我也舍不得你呀……

总编后面的话我就听不清楚了，我的脑子里反复着一句话：此地不留爷，自有留爷处！此地……

就这样，我离开了新闻单位，写起了小说，后来，人们开始称我为"作家"。

我终于可以畅所欲言地说自己想说的话了。好多人认为，小说都是编造的，虚构的；新闻是真实的。其实，很多时候，小说所说的，才是真实的，新闻，鬼知道哪是真的，哪是假的……

蒋 负 责

老蒋，女，现年四十有五，自参加工作起就在我们单位，已经兢兢业业地奉献了二十多个春秋，因种种原因仍然是科员一个。我刚分到她所在的办公室时，还很为她愤愤不平了一阵子，可后来就明白所有的事情都是有原因的。

老蒋这人干工作很热情，很负责，并且很有积极性和主动性。但什么事情都有个"度"的问题，一旦过了"度"，量变带来质变，就不好了。老蒋就属于对工作负责得过了"度"的人。她对工作和与工作无关的事，都太喜欢负个责。久而久之，人们背后便叫她"蒋负责"。

　　和蒋负责同龄的人几乎大大小小都熬了个职务，名正言顺地负点小责，只有她至今还没有职务，没有职务就不能名正言顺地负责，这是她一直耿耿于怀的事。但她的优点是很善于自我实现。不是没人让我负责吗？我自己负责！于是凡是她能沾边的事，她都要抢着负责，争取负责，变法儿地负责，仿佛她沾上了负责的瘾，一天不负点儿什么责就吃不好睡不着。有时竟连我们室主任的责也敢负，因她是老同志，一吵闹起来又是一副死猪不怕开水烫没脸没皮的样子，我们室主任也拿她没办法。一次一个印刷厂的业务员来我们办公室联系印稿纸信封的事，恰好主任不在，一进门那个业务员就直奔蒋负责所在的办公桌而去，恭恭敬敬地叫了声"主任"。本来蒋负责对这类送上门来的不速之客特别反感，已经皱起了眉头，但来人的一声"主任"叫得她非常舒服，她就露出了笑脸。来人很小心地问："看来，您是这儿的负责人了？"蒋负责见无人注意她，就忙不迭地点了点头。来人就极迅速地掏出一些稿纸、信封的样品，开始向她游说。本来蒋负责不管这事，想几句话打发她走的，但后来来人说了一句很关键的话："我一进门就知道您说了算，只要您说一句话，就等于照顾了我们这个半死不活的小厂了。"当时我用眼睛的余光从她的侧面发现她激动得后脖根都红了，大有和来人相见恨晚的意思。后来她就真的做主在那个厂子印了五百本稿纸，两千个信封。这件事主任一直蒙在鼓里，直到稿纸和信封都印好，送上门来，主任才瞪大了两只眼睛问："是谁让印的？"蒋负责就很负责地阴着一张脸说："我让印的。"主任当即就火了："你有病啊，咱库里存的还够用二年的，印了放在那里招虫啊！"蒋负责却不着急，只是紧紧盯着主任问："反正已经印了，你说，怎么办吧。"这种事蒋负责不止办过一次了,以前主任都忍了,这次他是再也忍不下去了,他说了声"谁让印的谁拿钱吧",就拂袖而去。

第二天,蒋负责就向主管经理告了病假,然后就整整三天没上班。这一下可不得了了。为什么,并不是离了蒋负责我们就没法活,只是因为她还负责着女厕所的钥匙呢。

我们办公楼上只有一个女厕所,因为单位临街,又是在个繁华之地,经常有闲杂人等来办公楼上上厕所,弄得女厕所使用频率很高不说,卫生还挺差,于是女同志们就纷纷表示不满,主管机关工作的经理被大家叨叨烦了,就当着大家的面说了一句话:"买把锁锁上门,不是本单位的一律谢绝。"大家还都没把这句话当真,蒋负责就扔下笔,直奔街对面的商店而去。一会儿她便买回把锁,把女厕所锁上了。第二天,会计科的科长刘晓兰来问蒋负责:"你买的锁是几把钥匙的?"蒋负责面无表情地说:"三把。"刘晓兰说:"那你给我一把吧,我们科女同志多。"蒋负责冷冷地说:"就剩一把了,那些全丢了。"刘晓兰只得悻悻而去。从此,办公楼上所有的女同志上厕所都要来向蒋负责讨钥匙。每当有人来向她讨钥匙,她都会磨蹭一会儿才给,让人家像向领导请示工作那样在她的桌子前站上一会儿,让她过一过"负责"的瘾。如果她因事外出,办公楼上的女同胞可倒了霉了,她们只有去街对面很远的地方去解决问题了。时间长了,女同志们都有意见,就在一起商议了一下,打算把女厕所上的钥匙多配一些,达到人手一把,这样又方便又不用麻烦别人。这个提案通过刘晓兰对蒋负责说了以后,蒋负责什么话都没说,阴着脸回了家。第二天就谁也没再提这事,因为大家都知道,谁再提这事谁就是成心不让人家蒋负责"负责",就等于得罪了她。为了尽快解决女同志上厕所的问题,稿纸和信封的事以折中的方式处理了,稿纸和信封都留下了，但钱没付，什么时候用着了什么时候再付。

蒋负责最终"负责"出了点事。我们公司管计划生育的同志调走后，一直没安排人选。但因为我们单位人多，经常有职工和职工子女结婚，到公司来开婚姻介绍信。因为我是操笔杆的，这事主任就安排给了我。凡来开介绍信的都是要结婚的人，不好意思空着手，每人都带着糖果、烟什么的。每次我都把这些东西和同科室的人分享，并且没忘了"孝敬"蒋负责，但她看了仍然心里不舒服。于是，她就跑到分管经理那里说我初来乍到，不了解公司的情况，开介绍信太随便，这样早晚会出事。于是在分管经理的授意下，很快这事就成了蒋负责的。公司一个家在农村的职工，不领结婚证就结了婚，并且有了个女孩。但他一直瞒着公司，想再要个男孩。在"名人"的指点下，他走了这样一条路：以未婚的身份领结婚证，领了结婚证后再申请"准生证"，这样就可以名正言顺地再生个孩子。这个职工就给老蒋买了二斤糖，骗走了婚姻介绍信。后来他如愿以偿地得到了一个男孩，但却被人举报了。计生委的人一路追查下来，就查到了蒋负责这儿。开始，蒋负责还想往我身上推，可一查介绍信上的日期，她就没了话说。这一下，问题就严重了，计生委的人咬着不放，要公司有个处理意见，公司迫于压力和对蒋负责这人的反感，就先停了她的班，后又劝其提前退休了。这一次蒋负责倒没怎么闹，她明白计划生育这个问题的严重性，出了这事，她就"负责"到头了。

默　契

马力是偶尔路过这条街的。马力以前下班总走最近的那条路,可眼下那条路因埋设煤气管道而无法通行了,马力只好绕道而行,就绕到了这条街上。

中午的日头毒辣辣地炙烤着街上的行人,人都无精打采地低着头,匆匆忙忙地往家赶。这是一条南北走向的新开发的街道,街两旁的树还只有小孩的胳膊粗,所以整个街上一点儿荫凉也没有。马力以前经常走的那条街两旁都是粗粗的法国梧桐,在树下骑着单车,凉丝丝的,说不出的惬意。可眼下马力觉得自己快被日头烤干了。他眯缝着眼,无奈地往街两旁扫了几眼,他纯属无意识地扫了几眼,就扫进了一个镜头。

一个年近花甲的老妪,蹲在没有任何树荫的路边上,一只干瘦的老手徒劳地举着一张报纸,无力地向路人摇晃着兜售。白晃晃的日光照在她满头的白发上,使她的白发白得有些刺眼。路人都匆匆地往家中急奔,谁也没有看她一眼的时间,更没有人肯停下来买她的报纸。她孤零零地蹲在路边的报摊前显得那么无助和可怜。马力的心在一瞬间剧烈地抖了一下,一个同样苍老的面容在脑海里一闪,那是他远在乡下的母亲。同样是下意识地,马力在老妪的面前停了下来,买了她一张报纸。然后,他将报纸夹在单车的后货架上,匆匆回家了。

马力买的是一张《都市晨报》,他们单位订了好几份,因此马力一进家属院的大门，就顺手将它送给了看大门的老于。

以后的日子里，马力仍然从那条没有任何阴凉的街上走，仍然每次都下意识地在那位老妪面前停下单车，然后买她一张《都市晨报》，再然后将报纸送给看大门的老于。老于也是个可怜人，三个孩子上学全靠他一个人的工资硬撑着，据说老伴又没有工作。

一个夏天过去了。马力以前走的那条有法国梧桐的街早已经埋好了煤气管道，但马力仍然走这条没有树荫的街，仍然买那老妪的一张晨报送给看大门的老于。

一年过去了，两年过去了……

终于有一天，马力下班再路过那条以前没有任何阴凉而现在已经绿树成荫的街道时，路边上没有了卖报的老妪。在老妪以前卖报的地方，站着看大门的老于，手里拿着一张《都市晨报》。马力在老于面前停下单车，老于就很自然地将报纸递给了他，像以前的老妪。

马力吃惊地睁大了眼睛。

老于告诉马力，老伴已经不能再来卖报了，她得了胃癌，已经到了晚期，现在住在医院里。马力仍然呆呆地望着老于，不知说什么好。抻了一会儿，老于又说，其实，她早就不必要在这儿卖报了，身体不好是一方面，主要是孩子们都参加了工作，不需要她再挣这几个钱了。可她偏不，她说有个好心人，每天都买她一张报纸，为等他一个人，她也要来。孩子们劝不住，就不让她挨号去批报纸了，每天给她零买一张，让她再来卖给那位好心人，她这样又坚持了三个月……老于终于说不下去了，两行老泪蜿蜒而下。

第二天上午，马力请了假，来到老妪的病房时，老妪已经闭上了眼睛，她手里攥着的，是一张当天的《都市晨报》。

那是她卖给马力的最后一张晨报了。

匿 名 者

吕国才是一个拥资过亿的大老板,本来活得极为滋润。可是近来,他的生活却出了很大的麻烦。

最近,他从报纸上连连看到一些富翁被歹徒杀害的报道,就隐隐为自己担心起来:犯罪分子会不会瞄上我呢?为了安全起见,他把家里的防盗门窗都换了安全系数最高的,每晚睡觉前都要认真检查一遍。他还高薪雇用了两个散打高手做保镖,整天不离他的左右。同时,他花了一大笔钱和与他有暧昧关系的几个女人断绝了来往,因为从一些报道中,事情往往坏在这些女人手里。

做了这些,他认为应该高枕无忧了。万万没有想到的是,一天早晨,他在自己客厅的茶几上发现了一张纸条。纸条上的字迹歪歪扭扭的,很明显,是写字的人为了掩饰自己的笔迹用左手写的。纸条的内容和报纸上报道的如出一辙:请你今天日落之前准备二百万元现金,送到我们的指定地点,到时候我们会给你打电话。不准报警!否则杀了你的全家!

吕国才额上的汗像小溪一样淌了下来。他赶紧将门窗全部检查了一遍,门和窗户都锁得牢牢的,一点儿被撬过的痕迹也没有。这个人是从哪里进来的呢?怎么一点儿动静都没听见呢,如果这个人要取自己的性命,那自己不早就完了……吕国才越想越害怕,他决定花钱消灾。

当天上午,他就在保镖的护送下,在银行提取了二百万元的现金,放在了一只密码箱里。整整一天,他就坐在家里等歹徒的电话。难熬的一天终于结束了,吕国才的手机和固定电话都响了很多次,但都是他的客户和公司的员工打来的,没有一个陌生电话。他也没有胃口吃饭,就坐在客厅的沙发上一直苦等着,一直等到凌晨一点,他也没有等来歹徒的电话。怎么回事呢?难道歹徒做贼心虚,以为自己已经报了警,不敢来了? 真要那样的话,那自己可真的要倒霉了。就这么胡思乱想着,他不知不觉地在沙发上睡着了。

一觉醒来,天已大亮。吕国才揉了揉发涩的眼睛,一眼就看到面前的茶几上放着一张纸条,他拿起来一看,和昨天那张的内容一样:请你今天日落之前……不准报警! 否则杀了你的全家!

这歹徒搞什么鬼呢? 是不是先试探试探他,然后再玩真的?

又是难熬的一天过去了,歹徒仍然没有给他打电话。吕国才明白,自己遇上的绝对不是一般的歹徒,报警对自己来说那就等于自取灭亡。当天晚上,他让自己的两个保镖在客厅里喝茶,整夜不许睡觉。

第三天的早晨,那张神秘的纸条却出现在了他的床头柜上。

吕国才想,既然歹徒在两名保镖的眼皮子底下进出自己的卧室都这么容易,那么想要自己的命,也是手到擒来的事情,但歹徒已经三次进入他的家门了,并没有损坏家里的一点儿东西,说明歹徒不想伤害自己,只想要钱。他下定了决心:等。

一连七天,吕国才天天接到歹徒的纸条,天天在家等电话,天天等到零点才敢睡觉。他睡不踏实,饭也吃不好,人整个儿瘦了一圈,几乎快虚脱了。

吕国才觉得自己再这么等下去,非让歹徒逼疯了不可。第八天,实在忍无可忍的他终于报了警。

很快,刑警队副大队长关志刚就带领三个刑警赶来了。关志刚是本市警界有名的办案高手,因为吕国才也是本市的名人,所以两人并不陌生。关志刚把屋里屋外,门窗走廊,以及整幢别墅的里里外外全部侦察了一遍,结果什么线索也没有找到。他摇了摇头说,犯罪嫌疑人有着很高的反侦察能力,他甚至没有留下一个脚印。

吕国才只觉得后脊梁上一阵阵地冒凉气儿,难道说,歹徒会化成一缕风,从门缝里钻进来?

关志刚说,你不用害怕,我们今天晚上会派人保护你的,放心吧,不会出事的。

当天晚上,在关志刚的安排下,有四名便衣刑警住进了吕国才的别墅里。四个人分成两组,院内两个,屋内两个,整夜巡逻。

因为有警察在,这一觉吕国才睡得踏实多了。早晨,他睁开眼睛时,发现床头上仍然躺着一张纸条……他惊叫一声坐了起来,发现关志刚站在卧室的门口,正冲着他微笑。

吕国才不解地问,你笑什么?

关志刚说,我已经把案子给你破了,当然高兴了。

吕国才大喜,真的,人抓到了没有?

关志刚说,你还是先看一看这段录像吧!

关志刚打开了客厅的电脑,然后把一台微型摄像机的数据线插进了电脑的 USB 插孔。很快,液晶显示器上出现了一个人影,他像一个盲人般摸索着走到一张写字台前,然后从抽屉里取出一张纸条,用左手握笔写了起来……

吕国才简直不敢相信自己的眼睛,因为录像上的人,竟然就是他自己。

关志刚关掉电脑说,其实昨天我一听你介绍情况,就猜了个八九不离十，根据你这套别墅的安全设施，外人要想进来，只能采取破坏性的方法，那样会发出很大的动静，你和你的保镖不会听不到。

吕国才惶恐地问，我这是怎么了？

关志刚说，主要是你在这方面的心理负担过重，你总担心自己会被绑架、暗杀，并从潜意识里设想过歹徒会对你采取的种种方法，久而久之，在你的大脑里形成了这种事件的假想，等你睡着了，这种假想却活跃起来，支配着你去做假想过的事情，比如你用左手写字，就是受了一些案件报道的影响……说白了，你这是一种梦游。

吕国才拍了拍自己的脑袋说，弄了半天，我是自己吓唬自己呀！

铺　邻

杨老三的羊汤馆开业那天，他的对面也开了一家铺子，是"老李家火烧铺"。

杨老三的羊杂汤是用羊骨头在蜂窝炉子上细火熬出来的，整整熬一宿，那真叫个香。羊杂是货真价实的新鲜羊下货，自己放了各种香料煮的。

几天后，杨老三的羊汤馆火了，不但近处的居民来喝，很多道儿远的顾客开着车来这里喝羊汤。杨老三陆续雇用了六个人，总算能照应过来了。

老李的火烧铺子也同时火了起来。他们两口子每天天不亮就开始和面,等有客人来时,已经做好了满满一大锅火烧。但这些火烧很快就会销售一空,他们再现做现卖,一刻也不得闲,门前还经常有十几个人等着。

人们吃早点的时间差别挺大,早一些的,六点就吃;晚一些的,能到十点。所以,上午这四个钟头,是喘气的工夫都没有的。只有过了十点,杨老三才能松口气儿。

这天上午,杨老三送走最后一位顾客,就遛到"老李家火烧铺",掏出烟来,递一根给老李,叹口气说,真他娘的累死人了。老李憨厚地笑着说,累了好啊,不累就坏了。杨老三问,老李,这整天这么累死累活的,一个火烧能赚多少钱呢?老李迟疑了一下,但随即就笑了,说,当着你这明白人不能说假话,一个火烧大体是赚两毛钱左右吧。杨老三就在心里算了一笔账,自己每天卖一千多碗羊杂汤,老李就卖一千多个火烧,这还不算饭量大吃两个火烧的,这一千个火烧就赚两百块钱哪,一个月下来就是六千块呀!自己雇用了这么多人,每月除去各种费用,也不过赚七、八千块钱,这老李就俩人,却赚这么多……正想着,老李递过来一根烟说,咱这是秃子跟着月亮走,沾大兄弟的光呀!杨老三接过烟,笑了,笑得有些勉强。

从这天起,杨老三就有了个心病:老李每月这六千块钱是我这羊杂汤馆帮他赚的呀!要是这六千块钱是自己的多好……

几天后,杨老三做了一件大事儿:他在自己铺子旁租了间房,又开了一家火烧铺。他知道学不来老李的手艺,就弄了套现代化的电烤炉,按着使用说明试验了几次,也烤出了像模像样的火烧。他又雇用了两个人,专门做火烧。

开始的几天,还真的卖了不少,很多人图个新鲜,也尝一尝杨老三的火烧，这一尝，每天就尝去了几百个。可几天以后，销量就开始大幅度下降了，一天只能卖几十个了。杨老三发现，只有对面的火烧铺没了货时，才有等不及的顾客来买他的火烧。一个月下来，杨老三的火烧铺子亏了不少，但羊汤馆的生意还一如既往地忙，经常有人端着碗找不到座位。这使杨老三想出了一记狠招，他做了一个大牌子，写上：本店谢绝自带火烧。杨老三想，反正我这羊汤馆经常爆满，少来几个人也无所谓。

杨老三的这一招起初给他带来了点麻烦，有几个顾客不满意，和店里的员工发生了争执。但杨老三在这件事儿上一点儿也不含糊，他态度非常明确：本店就是这么个规定，谁不高兴可以自便。

有几个人被气走了，并扬言再也不来了。但杨老三的羊汤馆依旧兴隆。

"老李家火烧铺"门可罗雀了。老李硬撑了几天，后来在一个晚上悄悄地搬走了，不知去向。

老李搬走后，杨老三的羊汤馆也发生了变化。先是开车来的人不见了，后来只有在附近居住的老顾客来吃饭了。连续多天，杨老三每天只能卖出二百多碗羊汤，二百多个火烧，他自己算了算，这样下去，每个月还赚不了两千块钱，比以前光开羊汤馆时差远了。

杨老三急于想找出原因，他从自己的羊杂和羊汤上都没有找出任何毛病，就问一个老顾客，我这羊汤还是以前那羊汤吗？

老顾客是位退休教师，他说，你这羊汤还是以前的羊汤，只是这火烧，可差了远了。

杨老三说，你们来这里不就是为了喝羊杂汤吗？对火烧还这么计较？

老顾客说,吃着老李家那外酥里软的火烧,再喝你这羊杂汤,那真是香到心里去了,没了他那火烧,你这羊汤的味道大打折扣呀!

杨老三半晌无语。

钓 鱼 记

前面驶过来一辆"桑塔纳2000",速度很慢。这正应了老米的心,速度太快的车他不敢拦,怕对方刹不住车真的轧上他,再说了,速度快的车,一般也拦不下。

老米一下子蹿到了路中间,张开双臂,大呼,停车! 快停车!

车缓缓停了下来,司机按下了玻璃,问,什么事儿?

老米几步跨到窗前,苦着一张丝瓜脸,结结巴巴地说,大、大、大哥,求求你了! 我家孩子病了,在医院抢救,求、求、求你送我一程吧,晚了、晚了就、就来不及了……说着话,他不断地鞠躬。

司机盯着他的脸看了片刻,好像是要从他的脸上辨出真伪。

老米可怜巴巴地看着车上的人,几乎要跪下来了,他反复地说,真的,我不骗你,路不远,就几里路,这儿又打不到车……

车上的人摆摆手说,你上来吧!

又一条"大鱼"上钩了! 老米按捺住内心的狂喜,拉开车门上了车。

前面,左拐,大约三里路就是医院。老米对司机说。

老米知道,前面左拐,三里路处的一个路口,他的几个"同事"正等在那里。他要到那里下车,车停下后,他要掏出 10 元钱递给司机,司机如果接了,就太好了,不接,也没关系,一推一让之间,几个"同事"就会冲上来,有拉车门的,有拍照的,这样,他们就又抓获了一辆"黑出租",就有一笔可观的罚款提成了。

但司机没有左拐,司机说,左拐修路呢,从前面多走一个路口,绕一下吧。

老米说,不会吧,好好的路修什么呢?

司机说,我刚从那里过来,好像在修下水道,反正是不通车。

老米疑惑了,他都几天没有"钓"到"鱼"了,所以他也搞不清到底那里修没修路。转念一想,绕过去也一样,反正都要到指定的地方,多烧点儿汽油怕什么,又不花我的钱。

到了下一个路口,司机仍然没有左拐,而是直行着冲郊外疾驶而去!

老米说,错了错了,快左拐。

司机说,没错,多绕点儿路,我在前面加点儿油,市内没有加油站。

驶出城区,前面是开阔的田野了,路边就有一个加油站。

老米说,大哥,前面有个加油站。

司机说,借你手机用一下。

老米不知道他用手机干什么,但坐在人家的车上,也不好拒绝,就把手机递了上去。

司机接过手机就揣在了自己的口袋里。

老米问,大哥,你这是干什么?

司机冷笑道,能干什么? 我是土匪,你被抢劫了!

老米惊恐地看着司机,司机是个圆脸,面无表情,身材魁梧。老米刚才只把他当成了一条"鱼",所以没有仔细看他的面貌,这么一看,他忽然觉得司机有些面熟。

老米战战兢兢地问,大哥,咱、咱是不是在哪儿见过?

司机笑了,你真的不认识我了?

老米摇了摇头说,面熟,真的想不起来了。

司机说,那是因为你坏事儿做得太多了! 再好好想想吧!

老米仔细一想:坏了! 这个司机是他曾钓过的一条"鱼"!

车子已经进入了山区,还在快速飞奔着。

老米吓坏了,老米说,大哥、大哥,上次是兄弟不对,我、我把钱退给你行不?

司机说,我真想不明白,你们的良心是不是让狗吃了,我好心好意地免费送你,你却反咬一口,硬说我是黑出租,让我挨了3000 元的罚款,还弄了一肚子的气。

老米说,大哥、大哥,你千万别、别干傻事儿? 你、你要是杀了我,你、你会偿命的……

司机说,谁说要杀你了? 给你这种人渣偿命? 那我不亏大了!

老米见性命无虞,先放下心来了。他在报纸上看过一个新闻,他的一个同行,因为两次钓到同一条"鱼",他没认出来,结果被"鱼"弄到山里用刀子捅死了。

天快黑了。老米说,大哥,快停车吧,前面已经没路了。

司机放慢车速,在一个较宽的地方调过了车头。然后停了车。

司机下车,在路边撒尿。

老米也下了车,在路边撒尿。

司机上了车,发动引擎,开车走了。

老米心里一喜,看来他真的放过我了,谢天谢地,在这荒无人烟的山里,他真要弄死我往山沟里一丢,一年半载的休想有人发现,他根本不用偿命,这个傻瓜……

老米高兴了一阵之后,又觉得事情不太对劲儿,他是下午两点多上的车,现在大约五点多的样子,已经跑了三个多小时,减去市区和郊区一个小时的车程,还有两个小时,司机一路上车速没下来过 80 迈……天哪,这儿离出山口,至少还有 160 公里呀!这、这、这走到天亮也走不出山呀……

老米想到这儿,一屁股跌在了地上。

隐隐约约地,他好像听到了狼的叫声……

喝 一 斤

"喝一斤"是我们办公室司机贺师傅的外号。他开车技术绝对是一流的,在我们这个小城的司机圈子里很有名。他之所以有名,是曾经有过一次对司机来说很了不起的经历。那一年他开"解放"挂车去山西拉煤,回来的时候,车正顺着下坡路滑行,刹车突然失灵了。人都说"蜀道难难于上青天",山西的山路也好不到哪里去,几乎全是陡坡,一个坡少则一、二里路,多则四、五十里,如果下坡,得一个劲儿地踩刹车,刹车锅子热得受不了,当地的司机便都在后车斗上安个水箱,弄个水管子顺到刹车锅子上,到下坡时就让水不断地往刹车锅子上淌,以便于降温。不经常跑山路的外地车没有这个土设备,刹车失灵是常事,因为刹车失灵车毁人亡也不是什么新鲜事了。"喝一斤"刹车失灵的时候,车正在一个二十多里长的陡坡上下坡，车一失去控制，就像脱缰的野马般往山下狂奔起来，车速越来越快。这个下坡路左边是高不可攀的峭壁，右边是深不见底的峡谷，无论撞到峭壁上还是跌下峡谷，结局都是一样的。如果这时正赶上对面有上坡的车，那就更糟糕了，两辆车都得玩完。就在这么一种情况下，"喝一斤"愣没慌，他稳稳地驾着方向盘，将车尽量贴近左边的峭壁，瞅准机会就将方向盘往右猛地一打，车头往右一甩，车后的挂斗自然就向左甩，蹭在峭壁上一挂，车速就慢了一点，如此反复几次，硬是将车停了下来，唯一的损失就是车后斗挂烂了半边，但比起车毁人亡来，总算是捡了个大便宜。这件事之后，公司就把他从车队调到机关，给一把手开小车。

按说，给领导开小车是绝对不能喝酒的，但"喝一斤"已经有十几年的"喝酒史"了，已经有了瘾，根本管不住自己。他酒量很大，每次喝一斤不醉，又因了他姓贺，所以人们起初都叫他"贺一斤"，后来又演变成了"喝一斤"。"喝一斤"名副其实，只能喝一斤，少了不过瘾，多了就醉。但即使他醉成了一摊泥，只要把他架到驾驶室里，他就会和正常人一样将车开得又快又稳，从未出过事故。即使这样，领导对他也不满意，劝了他几次见收效不大，就把他安排到办公室开"机动"车，又找了一名不喝酒的小车司机。

"喝一斤"在我们办公室人缘极好，是公认的好人。他为人厚道，除了爱喝酒之外没什么缺点。他热心肠，谁有事用车，无论公事私事，他都不辞辛苦。他喝了酒后爱和人说掏心窝子的话，爱动真感情，有时还来几滴真格的眼泪。因为他的嗜酒如命，和他关系不错的人都担心他出车祸。但谁也没想到该出的事没出，不该出的事却出了。"喝一斤"家在农村，离城约三十里路，所以就不常回家，公司照顾他，给了他一间宿舍。"喝一斤"经常陪领导出入酒店、舞厅，无意中结识了一个叫"莲子"的酒店小姐，俩人一见面就对上了眼，但谁也没捅破那层窗户纸，"喝一斤"只是鬼使神差般把自己的传呼号给了她。后来莲子回家，打传呼要他送，他就送了她一回。接下去的细节我就搞不清楚了，反正这件事"东窗事发"的时候，那位莲子小姐已经大了肚子。她逼"喝一斤"离婚，"喝一斤"因已经有了俩孩子，不愿离，就开始躲着她，她就挺着个大肚子来宿舍找他闹。人们听到哭闹声赶去看究竟时，才惊讶地发现"喝一斤"的宿舍不知何时竟像个"家"一样了，过日子吃饭的东西一样不缺。在莲子小姐的哭诉声中，我们终于知道他们俩已经像真正的两口子一样正儿八经地在一块儿过了半年了。后来，尽管公司的几位能言善辩的女人一起出马游说，莲子小姐却吃了秤砣般铁了心，非"喝一斤"不嫁，如果不答应就和肚子里的孩子一块儿死。接下去事情就越来越热闹了，莲子的父母不知怎么知道了，找到公司来闹，要领导给个"说法"。"喝一斤"的原配也哭哭啼啼地跪到我们几位经理的面前要求讨回公道。弄得领导们也不知道哪头炕热了。

最终，还是"喝一斤"的原配心疼丈夫，怕他太为难了，就让了步，同意离婚，但有一个条件，离婚不离家，"喝一斤"农村老家的房子财产都归她和孩子。"喝一斤"怕再弄下去搞出人命，就同意了。接下来的事情就好办多了，莲子小姐很听话地流掉了肚子里的孩子，和"喝一斤"结婚了。

公司帮"喝一斤"处理完他的两个女人的事后，就到了处理他的时候了。经过经理办公会一研究，就炒了他的鱿鱼。他走得也很痛快，他对我说，出了这么档子事，怎么说也没脸再在这儿干下去了。

我再见到"喝一斤"的时候，已是三年之后了。当时，他正在一座崭新的小楼前拿扫帚打扫卫生。我的心一酸，惊问，怎么干上这一行了？他笑笑说，这是给自己干的。我更加吃惊了，又问，这是你盖的楼？他笑着点了点头。原来，他离开公司后，东挪西凑地筹集了部分资金，买了辆新型的加长半挂车，自己开着跑山西运煤，很快就发了起来，于是，他就买了块地皮，自己盖了一座三层的小楼。说着话，他不由分说就拉我上了楼。来到客厅坐下后，他就喊"当家的"弄几个菜来。"当家的"一出来，吓了我一跳，她竟是"喝一斤"的原配夫人。我掩饰不住诧异的表情，索性直接问道，那一个呢？"喝一斤"不好意思地笑笑说，一共在一块过了仨月，早就离了。等"原配"端上菜后，他才断断续续地讲了他和莲子小姐的事。原来，那个莲子是个水性杨花的货色，见他丢了开车的饭碗，就对他失去了一半的兴趣，不久就和她当小姐时认识的一个小白脸子勾搭上了，并且很有点儿明目张胆。"喝一斤"堵上她们后，也没难为她，只是让她在离婚协议上签了字，就了断了。我们边说边喝，不到两个小时的时间就喝了二斤白酒。我因记挂着公司里的事，就起身向他告辞。他跌跌撞撞地将我送到楼下，拍了拍我的肩膀，推心置腹地对我说，兄弟，大哥送你一句老话，这话可是你哥自己体验了一回的。我问，什么话？他趴在我的耳朵边上说，休贤妻毁青苗，后悔到老哪。我也有些醉了，很中肯地点了点头说，中！大哥，你这句话中！

我刚骑上自行车，就听见"喝一斤"在后面"哇"的一声吐了。我下了车子，回头看时，"原配"已经搀着他进了楼梯间。

我想：现在"喝一斤"已经喝不了一斤了。

特 殊 试 卷

刘泉是全局公认的老好人，他对什么事情都不争不抢的，历来听天由命。

有人说，好人没好命，这句话不全对。这不，局里分房子，刘泉一没职务二没后门，竟然弄了一套和局长对门的大房子。据知情人说，局长放出话来："像刘泉这样的老实人，就不能让他吃亏，谁要攀比他，就是和我过不去。"

就这样，老实人刘泉很容易地弄了一套三室一厅的房子。

不仅如此，搬进新房子仅仅三个月后，刘泉就由一个普通职员升任为副科长。这一点人们并不奇怪，近水楼台先得月嘛，刘泉和局长住对门，就是送个礼什么的也比别人方便呀！

其实，只有刘泉自己知道，他从来没有给局长送过一分钱的礼。只是，他经常替局长收礼。

原来，局长和夫人应酬多，家里的孩子由另住的老人带着，所以家里经常没人。局长就在搬进新楼的第一天，给刘泉安排了这份特殊的工作：替局长收礼。局长说，这件事交给别人我不放心，我只相信你一个人。刘泉在频频点头的同时终于明白了自己白捡一套好房子的真正原因。

刘泉对这项工作非常地尽心尽责。只要一听见对门门响，就赶紧开门迎出去，对来人说局长不在，有什么事情可以对他说。对送来的礼，他都记下是谁送的，需要捎话的，他都记在纸上，连同礼物一块转交给局长。也有不需要捎话的,只要求告诉局长自己的姓名,刘泉也不多问,一一照办。

来送礼的人,大多数是送现金,只有少数拿烟酒等礼物的。还有来了后什么也不说什么也不问的,扔下一个红包就走。逢这时,刘泉就拉住人家追问姓名,人家死活不说,只要求将"心意"转达到就行了。碰到这种情况,刘泉也向局长如实汇报,并将所送"心意"如数上缴。每次,局长都很满意,都笑眯眯地拍着刘泉的肩膀说,好好,你确实能干,我没看错人。

又过了几个月,刘泉的上司周科长因工作失误被免了职,刘泉升任了科长。

春风得意的刘泉在当了科长后,也开始有人送礼了。但给他送礼的人大多数是送的实物,值不了几个钱。每当接到转送给局长的大宗现金,他都羡慕不已,爱不释手。后来,他发觉隔一段时间就有人送来一笔可观的现金,来人既不报姓名也不说求局长什么事,只要求转达"心意"就可以了。刘泉在这类钱上开动了心思。他想:既然来人什么都没有说,看来是办成事后对局长表示感谢的,那么这笔钱的数目局长并不一定知晓。于是,刘泉对这类钱开始了克扣。第一次,他没敢多留,只扣了五分之一。事情过后很长时间,他见局长没有任何反应,知道局长收的钱太多了,根本就没个数。第二次,他就试着扣了一半。局长仍然没有反应。第三次,他狠了狠心,干脆全部扣下了。

刘泉在克扣了局长三次钱之后的一个晚上,局长来到了刘泉家里。尽管局长满脸微笑,做贼心虚的刘泉仍然心跳如鼓。局长笑着说,刘泉,这些日子你帮了我不少忙,我呢,也算对得起你了,你这个年龄,只能给你弄到科级了。刘泉忙不迭地点头说,谢谢局长,谢谢局长。局长说,不用你谢,有点儿小事希望你能配合,你替我"办事"这件事儿,现在外面有了传言,为了避免不必要的麻烦,我看,还是给你调一下房子吧,调一套比这套大点儿的。尽管刘泉心里有一万个不愿意,但是局长决定了的事,他哪里敢违抗。

刘泉不再和局长住对门了,他现在的对门是他以前的顶头上司周科长,不过现在刘泉已经取而代之了。

周科长自从被免了科长职务后就一直在家里休病假,所以很悠闲。逢星期天,他都要弄几个菜,叫刘泉过去喝几杯。刘泉自从不和局长住对门之后,心情不好,所以经常借酒浇愁。这样,他和周科长就成了酒友。

一次,周科长喝多了,红着眼睛问刘泉,刘科,你知道局长为什么不让你住对门了吗?

刘泉说,不就因为那些风言风语吗?

周科长狂笑了一阵说,错!是因为你克扣了局长的钱?

刘泉是老实人出身,不会拐弯抹角,当即就惊道,你怎么知道?你又不上班。

周科长笑了笑说,你忘了吗?我以前也和局长住对门。

刘泉问,那,以前你也帮他收过礼?

周科长说,对,收过,也扣过。不过,很快就被他发现了。

刘泉说,局长真是神人,你说他是怎么发现的?

周科长又说,错!他不是神人,他是小人,他隔一段时间就派人送一笔没有名堂的现金,试试你收了后是不是交给他。

刘泉如梦初醒,原来,那一笔笔既不需要任何交代也不留姓名的现金,是局长考察他的特殊试卷呀!只可惜,他没能及格,但在金钱的诱惑下,有几个人能及格呢?老谋深算的周科长不也在自己之前落马了吗?

刘泉仍然不解地问，周科长，你说局长他既然知道了我扣他的钱，为什么不揭穿我，还给我换了这套更大的房子。

周科长拍了拍刘泉的肩膀说，你想，你知道局长的这么多"秘密"，他敢给你玩狠的吗？你要是急了眼，举报他怎么办？所以说呀，只能慢慢地收拾你，还让你产生不了很激烈的对抗情绪。

不久之后，刘泉因工作需要被调到了工会，负责发放劳保用品。刘泉明知局长这是在整他，但他转念一想，自己本来就是个平头百姓，过了一把"科长瘾"，又弄了一套大房子，该知足了。刘泉就恢复了常态。

债　钱

"债钱"是鲁西北方言，即"订金"的意思，无关欠债，多用于牛、羊、猪等家畜的买卖。

——题记。

一大早，桩子就听见院子外的猪在叫，不是个好声儿。桩子就爬起来，三两下套上衣服，出了院子。桩子一出院子就看见胡庄的屠户胡来正蹲在他的猪圈边上，拿土坷垃一下一下地砸那猪，猪便左躲右闪，委屈得直叫。所有的猪见了屠户胡来都害怕，他身上带着一股血腥的杀气，猪见过他之后，会三天不吃食，把肚子空得瘪瘪的，过磅时便让他捡了个便宜，少付很多钱。

桩子一看胡来在整自己的猪，就不高兴了，就问，胡来，你惹它干啥？

胡来站起来，围着猪圈转了一个圈儿说，你这猪，该出圈了。

桩子一听胡来想买自个的猪，就高兴了，就问，你给多少钱呀？

胡来倒背着手，围着猪圈转了一圈又一圈。桩子便说，你倒背着个手干啥，你又不是个村主任。

胡来说，桩子，看你是个实诚人，就给你按两块五一斤吧。

桩子一听高兴了，桩子知道，昨天后院的二婶刚卖了猪，才卖了两块三一斤哩，他每斤多卖了二毛钱，这二百多斤下来，就是四十多块哩。桩子就问，胡来，到家里喝一碗（茶）去？

胡来便说，不了不了，我还得去别处转转，你的猪，我隔上两集来逮。

桩子说，那你留个债钱吧。

胡来说，你不说倒忘了，给你。胡来拿出十块钱，递到了桩子的手里。桩子接了钱，脸上就全是憨憨地笑了。

胡来走了。在旁边清理猪圈的二婶走过来说，桩子你个憨种，你上当了知道不？桩子想二婶是不是看我的猪卖了个好价钱眼红哩？桩子就没言声。二婶说，桩子，这两天猪价像气吹着似的，一天一个价，今天他给你的价算最高了，可要是再过两集，猪价少说也得长到三块钱一斤，到那时他再来逮，你少卖多少钱呢？桩子一愣，但桩子一想，两块五就不少了，要卖五、六百块钱呢。

二婶又说，水涨船高，到那时，猪肉都不知长到啥价了，他用这么低的价买走你的猪，再卖高价肉，你算算，他得赚多少钱哪？这个挨千刀的胡来！

桩子想回家。二婶拦住他说，桩子，二婶可不能眼看着你吃亏，这猪不能卖给他！

桩子笑了笑说，二婶，他都交了债钱了，总不能再反悔吧。二婶说,咳! 不就是十块钱么？你还给他不就得了。

桩子拧了拧脖子说,二婶,没这个道理呀!

果然不出二婶的所料,此后的几天,老有屠户来打问桩子的猪,价格给的一天比一天高,还真的给到了三块钱一斤。但桩子长短不卖,屠户便缠着他不放,缠得烦了,桩子便会说,人家是交了债钱的,说啥这猪也不能再卖别人了。再后来的几天,便没人再打他猪的主意了。两集的时间很快过去了。胡来没有来逮他的猪。二婶已经买了小猪崽放进了圈里。二婶问,桩子,胡来还没来逮你的猪？

桩子说,怪了,他都交了债钱了,咋会不来哩？

二婶说,你还不知道吧,这猪一涨价,猪贩子们成车成车地从外地拉来了好多猪,猪价都落到两块三了,他不会来逮了。

桩子说,可他是交了债钱的,他总不能不要债钱了吧？

二婶说,咳,不就是十块钱吗？谁还在乎这点儿钱,你快乘价格还没落到底,赶快找个主卖了吧!

桩子脖子一拧说,他交了债钱的,这猪就是他的了,我可不能坏了老辈子传下的规矩。

二婶叹口气说,你这孩子,等着吃亏吧。

日子流水般过去了。胡来一直没来逮猪。桩子每天都把猪喂得饱饱的,然后就盼着胡来。夏天到了。一天,桩子刚从地里干活回来,就见胡来正在他的猪圈旁边一圈一圈地转哩。桩子就喊,胡来,今儿来逮猪？

胡来说,逮。

桩子说,你交了债钱,我知道你迟早会来逮的。桩子找了几个壮汉帮忙,就把猪逮了。弄到开磨坊的三叔家一过磅,好家伙,四百多斤哩。

胡来当场给桩子点钱，一千多块哩，点得吐沫飞溅。帮忙的几个人都馋得咽吐沫。

二婶急急地赶来了，二婶说，桩子，这猪不能卖呀！这一阵儿闹猪瘟，猪价都长到两块六了。

桩子说，当时说好了的，两块五，人家都交了债钱的。

胡来说，是呀是呀，这猪早就是我的了，天黑前给我送到家。不由分说，把钱拍到了桩子的手掌里，然后倒背着手走了。

桩子冲胡来的背影喊，胡来，你还真像是个村主任哩。二婶说，桩子傻，傻桩子。桩子拧了拧脖子说，我这猪本指望卖个五、六百块的，今儿卖了一千多块，该知足了。

大　号

老三在十岁那年爹娘因病去世。老三无兄弟姐妹，"老三"一称是村人的戏谑，爹为老大娘为老二。

其实，老三本来有大号的，他的大号是村里最有学问的"老学究"给取的，可村里人只对值得尊重的人称呼大号。老三当然没有资格享受被人称呼大号的"待遇"了。久而久之，老三的大号就被人忘记了。

老三的劣迹是从看青开始的。村主任可怜他是个孤儿，就安排他专门看青，春天看麦苗，夏天看玉米。老三虽然年龄小，但他却懂得利用自己的职权为自己谋私利。每看见有鸡吃青苗，他就拿着砖头往死里砸，砸死了就提回家煮着吃。久之，他的"砸鸡"

技术竟练到了炉火纯青、登峰造极的地步,到了砖无虚发的境界。那年月庄户人都穷,都视鸡屁股为小银行,自然对老三恨之入骨,但因为他有看青这一"公务"做掩护,也没人敢对他怎么样,因为如果你找他的麻烦,不就是等于承认自己的鸡吃了庄稼吗?所以人们只能加着小心看好自己的鸡。这样一来,老三就好长时间吃不上鸡肉了。老三就整天盼着有鸡来吃青苗。这一天,他终于看见"老学究"的一只鸡到了地边上了,心里便一阵狂喜,盼着那只鸡赶快往地里跑。这时候他也顾不得"老学究"的取名之恩了。但那只鸡却好像很有觉悟,有热爱集体财产的观念,在地边上磨蹭了半天,就是不肯越雷池半步。后来老三实在没耐心等了,就跑过去将鸡赶到地里,然后拿砖头给砸死了。不想,这事正好让"老学究"那壮牛般的二小子看见,就将他狠狠地揍了一顿。

几天后,"老学究"的柴火垛莫名其妙地失了火,而且老三还不在失火现场。一家人虽然知道是老三捣的鬼,但苦于没抓住把柄,只能打破门牙往肚里咽。自此之后,村里再也无人敢惹老三,只是在谈论他时在他的名字前面加了三个字,称"狗日的老三",略表愤慨之情。

几年之后,村里就分了地。老三因为多年来只潜心研究"砸鸡"技术,从未摸过锄头把,所以他的地里就光长草不长庄稼。庄户人看重的是庄稼把式,称种不好地的人是懒汉二流子或"无浪混",因而老三混到三十上仍是好汉一条。

多年的光棍生活使老三养成了两个毛病。一个毛病是唱荤歌,另一个毛病是蹭酒喝。

老三不务农事,整天围着个村子瞎转悠。看到谁家垒个茅房、猪圈什么的,他便自告奋勇地脱下身上那件四季不换的破夹袄,搭上手就干。干到晌午,他就心安理得地坐在人家家里等着上酒上菜。如果他转悠了一圈仍然找不到蹭酒的差事,他就采取另一条策略。他找到以前曾给干过活的人家,拍拍他给人家垒的墙问,这墙还结实不? 意在提醒他曾给人家垒过墙。有这点事做话头,他就坐在人家家里天南海北地胡吹一通,直到人家端上饭,他才咽口唾沫问,有酒吗? 喝点。

老三蹭酒喝和唱荤歌是流水作业,逢喝了酒,他就倚里歪斜地在大街上逛荡,碰见大闺女小媳妇就开始唱:"姑娘有块田呀,荒了十八年呀,实行了责任制呀,谁种谁拿钱……"直唱得大闺女小媳妇的脸红红的,逃也似的往家跑,老三便得意地"哈哈"大笑。

老三真正臭名昭著是从赵大寡妇身上开始的。赵大寡妇是村里最俊的媳妇,身条儿脸皮儿都没得说。她男人死了一年多,不知为什么她一直没"走路"。老三便整天计划着填补她的空缺。那一天,老三在街上碰见了她,就大着胆子说,嫂子,晚上给俺留个门,俺陪陪你。赵大寡妇瞟了他一眼,扔下一句"俺给你留着窗户"就走了。老三想好事心切,没咂摸出话里的滋味,当即冲着她的背影说,窗户也中,俺一准去。

晚上,老三如约而至。他轻轻敲了敲窗户,窗户便"刷"的一声打开了。老三心头一阵狂喜,正想往里爬,一盆水兜头倾泻了下来,把他淋成了落汤鸡。他还没弄明白怎么回事,就听一声娇呼"抓贼呀",七、八个彪形大汉好像从天而降,棍棒齐抡,把老三砸了个半死。

这件事使老三好长时间没敢出门。伤好后,他实在耐不住寂寞,又厚着脸皮游荡到街上。

老三刚游荡到街上就发现了一个蹭酒喝的差事。"老学究"

的儿子正在扒房,准备扒了旧房盖新房。老三就义无反顾地扒了那件旧夹袄,正想上阵,在旁边搂着孙子坐镇的"老学究"冷冷地说,人手够了!老三抖了一下身子,极尴尬地收住了脚步,讪讪地退到一边。

旧房已经扒下房顶,人们正在放墙。几个汉子拿镢头在墙根处"嗵嗵"地刨了一阵,然后都转到另一边去推。汉子们叫着号子,一二三!那墙便剧烈地晃动起来,并且幅度越来越大。忽然,从墙顶上"扑啦啦"掉下一只羽毛未丰的小麻雀。"老学究"的孙子眼尖,欢叫一声就跑了过去。他刚跑到墙根处,那墙就在汉子们的号子声中倒了下来!"老学究"绝望地惨叫了一声,闭上了眼睛。

"轰"!墙倒了。"老学究"睁开眼睛,见小孙子完好无损地趴在自己怀里,疑是做梦。环顾四周,才发现少了老三。他打了个愣神,随即疯了般扑到墙土上,用两只枯瘦的老手拼命扒起来。

当人们把老三扒出来时,老三已经咽了气。"老学究"热泪盈眶,猛然长哭一声"志远哪——"就扑倒在老三的身上。

人们这才知道老三的大号叫"志远"。

比 武 记

三里庙有两个著名的人物头子。一个是"牛皮大王"皮老五,另一个是村霸仇光棍。

皮老五爱吹,死的能吹成活的,黑的能吹成白的。尤其是喝了酒之后,爱吹他到东北逃荒的时候,曾拜过一位名师,学了一身功夫,曾在关东道上空手打倒过七个谋财谋色的劫匪,救了一个遇难的少女,那少女死活要跟着他,他嫌累赘,没要。但村里人从来没见他练过"功夫",更没和人打过架,所以不知真假,因他平时爱吹,也就把这事列入了他的"吹项"。

仇光棍名副其实,一人吃饱了全家不饿,人很无赖,敲寡妇门挖绝户坟,啥缺德事都干,因他天生一副好身板,打架不要命,也不在乎进局子蹲小号之类的事,自称"大错不犯小错不断,气死公安难倒法院",因此无人敢惹,久之便称霸全村,弄得村主任也很头疼。

一天,皮老五和本村的四五个人在村主任家喝酒。皮老五喝多了后,又当众吹"关东道上一人降七匪"的"典故"。村主任忽发奇想:让皮老五和仇光棍干一架,以吹治孬,不知是个什么结局。于是,村主任就笑咪咪地看着皮老五吹,使皮老五吹兴大发,越吹越悬乎。看看差不多了,村主任忽然问,老五,你说,凭你这身横练功夫,像咱村仇光棍这种地痞,你捏他还不像捏小鸡子一样?

皮老五愣了一下,随即点点头说,那当然那当然,他只是一个无赖,真动起手来……哼哼……皮老五便一脸的不屑。

村主任趁热打铁,叹了一口气说,唉!仇光棍这个王八蛋老在村里这么称王称霸,弄得我这个破村主任也抬不起头来,要是你能出面收拾他一下,让他收敛收敛就好了,只是怕你不敢动他。

皮老五当即就火了,他"噌"地站起来说,啥?我怕他?姥姥,赶明儿我就收拾收拾他,看他还敢不敢在村里横行霸道!?

村主任给另外几个人一使眼色，大家心领神会，一块儿端起酒杯来敬皮老五，祝他明天旗开得胜，为民除害。皮老五也不含糊，端起大杯一饮而尽。

当天晚上，皮老五要收拾仇光棍的消息就传遍了全村。

第二天，快到晌午了，村子里还是非常平静。村主任沉不住气了，就带着几个人到了皮老五家里。

皮老五正坐在冲门的桌子前喝茶。村主任进门就问，昨天你说的什么话，还记得吗？

皮老五一脸惊讶：昨天？昨天咱不是一块喝酒来吗？我说什么了？

村主任一听就急了，皮老五，你真是个不折不扣的牛皮大王，昨天你不是吹着要收拾仇光棍吗？今天全不承认了！

皮老五恍然大悟般拍了拍后脑勺说，噢，你看我这记性，好像有这么回事。这样吧，你派个人把仇光棍给我找来，看我怎么收拾他！

一会儿，仇光棍气势汹汹地来了，进门就喊，找俺有啥事！？

村主任和其他几个人吓得赶紧躲到了一边。

皮老五却慢腾腾地站起来说，仇光棍，老子今天找你来，是想为全村除害，收拾收拾你这个王八蛋，省得你整天在村里横行霸道！你是空手还是抄家伙？菜刀在厨房里，门后还有铁锨斧头，你随便用，老子就空手会会你！

仇光棍忽然换上了一副笑模样，弯下腰对皮老五说，五哥，咱哥儿俩谁跟谁来？俺再混蛋，也不敢跟你发浑呀！

皮老五飞起一脚将仇光棍踹了个趔趄，仇光棍眼一瞪，想急，但还是咽了口气，忍了。皮老五站起来，指着仇光棍的鼻子说，小子，我告诉你，从今往后，你要再敢在村里欺男霸女，我肯定好好地收拾你，今天看你还识相，滚吧！

仇光棍忙逃了。

村主任等几个人真的傻了眼，本想捉弄一下皮老五，没想到不可一世的仇光棍见了他竟然像耗子见了猫。不过这样也好，总算是为村主任出了口气。

傍晚时分，全村人都听到了一阵山崩地裂般的砸门声，是仇光棍在砸皮老五的大门。

村主任赶过去时，皮老五的门前已经聚集了全村的人，比开会来的人还全。

仇光棍一边砸门一边喊，皮老五，你给老子滚出来，你给老子的酒不够，老子白白挨了你一脚……

原来，昨天皮老五酒后说了大话，而且弄得全村都知道了，他怕下不来台，就悄悄找到仇光棍，让他配合自己演一场"戏"，事成之后给他打20斤散白酒。仇光棍本身就是个酒鬼，因经常没钱买酒倍受煎熬，这种挨一脚就挣20斤酒的好事岂能错过，所以他很痛快地答应了。但事后，皮老五心疼酒钱，只给了他15斤，他称着不够，就找上门来。

话说仇光棍见皮老五不出来，一拳将厚厚的大门砸下一块木板，并高声大骂：皮老五，你要不还老子的酒，老子要拍扁了你！把你老婆和你闺女都干了！

门"吱"的一声开了，皮老五站在了门口，脸红得像猪肝。

仇光棍推了他一把问，你到底还不还老子的酒，说好让你踹一脚就给20斤酒的……

众目睽睽之下，皮老五忽然一把将仇光棍推了个趔趄说，老子啥时候说过给你酒了,全是你胡编出来的!

仇光棍一见皮老五不认账了,就怒吼一声扑了上来,只见皮老五轻轻一闪身,脚下一绊,把仇光棍摔了个狗啃泥!

仇光棍爬起来后眼珠子都红了,他再次扑上去时,皮老五一弯腰,将肩膀顶在他的腰上,借力将他扛了起来,然后身子打了个转,将仇光棍扔了出去!"啪"的一声脆响,仇光棍重重地摔在坚硬的地上,半天没爬起来。

周围忽然爆发出一片热烈的掌声!

原来,皮老五在东北时确实练过几年,但他天生不爱惹事,只想把吹下的牛皮圆过去就算了,但今天在全村人面前,仇光棍不但揭了他的老底,而且辱骂他的妻女,他知道再不出手,今后就真的在村里抬不起头了,所以,他狠了狠心,真的把仇光棍给收拾了。

仇光棍在全村人面前丢了面子,从此再也横不起来了。

可疑的钥匙

陈颖无意中从丈夫靳华达的包里发现了一串来历不明的钥匙。这串钥匙既不是家里的,也不是他办公室的。因为靳华达办公室的钥匙是和车钥匙在一起的,已经用了好多年了,陈颖非常熟悉。而这串钥匙非常陌生,是崭新的,没怎么用过。根据她的经验,这串钥匙有防盗门上的,有室内门上的,有车库和地下室的,是一套完整的家用钥匙。

陈颖知道丈夫有问题了。但陈颖一点儿也没觉得意外,自从丈夫当了建设局质量监督处处长这一肥缺,她就一直在担心这一天的出现,没想到,这一天这么快就来了。她强忍怨恨和伤心,悄悄地将这串钥匙拿了出来,放在了自己的包里。

奇怪的是,接连几天,丈夫靳华达并没有追查这串钥匙的下落,像什么事情也没有发生过。这更加重了陈颖的疑虑。

陈颖决定将这串钥匙的事情弄个水落石出,她在单位请了病假,开始跟踪靳华达。

一直跟了半个多月,却始终没有发现什么蛛丝马迹。靳华达白天上班,晚上出入酒楼歌厅或足浴中心,这些都是陈颖可以接受的,现在有身份有能力的男人,不都是这样吗?大多数人,想这样还没有条件呢。

就在陈颖决定再跟最后一次就放弃的时候,她终于发现了疑点。

那天,靳华达很早就从酒楼出来了,然后驱车出了城,直奔开发区。陈颖打了个出租车,紧跟其后。

靳华达的车进了一个名叫"新城市花园"的高档住宅小区。陈颖想坐车跟进去,出租车司机说,大姐呀,这种地方,出租车是不让进的。

她只好付了车费,步行着跟了进去。好在,这个小区只有几栋楼,她很快就在一个单元的门口找到了靳华达的车。

陈颖在一棵树下站着,耐心地等待着。已经住了很多年楼房的陈颖很有经验,靳华达从几层楼出来,那个楼层的楼梯灯会先亮。她打定了主意,今晚先不揭穿靳华达,重要的是先抓住那个女的,看看她到底是谁,是不是认识,教训她一顿再说。

陈颖本是下了苦等半夜的决心的,没想到,不到半个小时,靳华达就出来了。他出来后,直接钻进了车里,开车走了。

陈颖拿出了那串钥匙,很容易地找到了打开楼门的那把,只一下,就把楼道门打开了。她放轻脚步,慢慢地爬到了三楼。刚才,靳华达出来时,是三楼的灯先亮的,她因此断定,这串钥匙应该是三楼的。三楼一共两户,刚才她在楼下,看到东户漆黑一片,西户有灯光,靳华达应该去的是西户。她摁了一下楼道灯的延时开关,借着明亮的灯光,找出了防盗门的钥匙,然后,插进了锁孔,一拧,门就开了。

不出陈颖的所料,屋内的沙发上,坐着一个年轻漂亮的女人,正搂着一个靠背看电视。看见她,女人惊叫着跳起来,干什么的!?

陈颖这些天的怨恨和压抑终于找到了发泄的地方,她抡圆了胳膊,狠狠地给了女人一个大耳光,同时骂道,你个不要脸的臭婊子!

女人惨叫一声就倒了下去。一个男人闻声从卧室里窜了出来,正想说话,话未出口却戛然而止了。陈颖一看这个已经五十出头的男人,也懵了。

这个男人她认识,是丈夫的顶头上司,建设局的局长,他们曾经在节日聚会时见过多次面,还跳过舞。

还是局长反应快,他黑下脸来问,你怎么会有这里的钥匙?你来这里干什么?

陈颖只得连连道歉,对不起局长,我、我、我走错门了……然后转身逃一般跑了出去,一气跑下了三楼。

陈颖回到家时，靳华达脸色铁青地坐在客厅的沙发上，正一支接一支地吸烟。陈颖明白，今晚的事情丈夫肯定知道了。

果然，靳华达见了她就大吼道，臭娘们，你毁了我，你知道吗？你坏了我的大事了！老子白白地送了套房子给局长，本想找机会掌握他的一些证据，让他给我办事儿，你知道我这个位子有多少人在惦记吗？这下可好了，房子人家不要了！我今后没有好果子吃了。

陈颖既害怕又觉得委屈，她哭着问道，我拿你的钥匙时，你干吗不给我说明了呀？

靳华达将手里的烟屁股狠狠地向她投了过来，骂道，老子哪知道你偷了我的钥匙，这些天忙得我根本没想这个事儿！

三天后，靳华达被停职了。

当天晚上，他铁青着脸对陈颖说，咱们离婚吧！必须！

百 年 魔 咒

柳四爷一看这满桌子黄澄澄的金子，就知道自己的死期到了，不由得心里一阵悲凉：自己刚刚四十过五，怎么就摊上了这档子事呢？

柳四爷是今儿一大早被几个小匪从被窝里掳来的，说是给他们卧虎山大当家的干点儿活去。柳四爷心里虽然害怕，但知道也不至于送命。前年，卧虎山的压寨夫人生孩子，就是从柳四爷的村子里请的接生婆,听人说,那接生婆不但毫发未伤,临回,还是被轿子抬下山的,还带回了成匹的绫罗绸缎。

柳四爷是当地有名的金匠,他原以为,土匪让他上山,无非是给女人打个钗呀坠呀项链什么的,或给匪崽子打个项圈金锁什么的,他做梦也想不到,摆到面前的,竟是这么一大堆的黄金。这些黄金全是成品,除了女人孩子佩戴的金首饰外,还有金佛、金香炉、金碗等等,五花八门,一看就不是正路上来的。

卧虎山大当家的绰号"下山虎",黑脸,长一脸大胡子,虎背熊腰,说话声音不高,但掷地有声,他盯着柳四爷的眼睛说,柳四爷,今儿咱要辛苦你了,这些金货,要全溶了,打成一般大小的金条。

说着,将一根沉甸甸的金条扔在了柳四爷面前的石桌子上,金条发出一声脆响,然后剧烈抖动着,发出嗡嗡的鸣响,少顷,才安静下来。随着那鸣响,柳四爷全身剧烈地颤抖起来。

柳四爷开始磨磨蹭蹭地支炉、起火,熔金。他明白,金条打完之日,就是自己离开人世之时。金匠行里,只要谁接了大活儿,在世的日子就要按天数了,活儿干完,人必死无疑。这是金匠行不成文的百年魔咒,已经被很多同行前辈验证过多次了,根本无一幸免。柳四爷的父亲,是给县衙门接走的,那一年,他的父亲已经年近六十。柳老爷子在县衙门待了七天后,就被送了回来。接走的是活生生的人,送回来的,却是一具僵硬的尸体,说是中毒身亡。当然,和尸体一同被送回来的,还有一份厚礼。柳四爷的师叔,是被县龙盛商行的朱老板派人接走的,在那里整整待了十天。后来,就有人回来报信,说是他忽然得了失心疯,自己跳崖摔死了,连尸体都没找到,估计是让野物儿给祸害了。最后,龙盛商行赔了一大笔钱，这件事也就了了。

"下山虎"每天都要来柳四爷干活的山洞里看几眼，见柳四爷干得很慢，也不催促，临走说一句，你尽管慢慢干，咱不急。

尽管柳四爷干得很慢，但到了十五天上，还是把金条全部打成了。几百根金光闪闪的条子整齐地码在石桌子上，煞是灿烂。

"下山虎"看了看这些金条，又看了看柳四爷，笑了，柳四爷，真是名不虚传哪！来人！

柳四爷的脸当即就白了。

却见一个小匪，手托着一个木头托盘呈了上来，托盘上面平展展地铺着一块红布，红布上面摞着高高的两摞子大洋，足有一百块。

柳四爷疑惑又胆怯地看了"下山虎"一眼，不知他葫芦里卖的什么药，没敢接。

"下山虎"亲自用红布把那大洋包了，递给柳四爷，并笑道，柳四爷活儿干得地道，咱这当土匪的也讲究讲究，一点儿小意思，请笑纳吧。

柳四爷迟疑地将大洋接了，仍然不敢相信这是真的，就颤颤地叫了一声，"大当家"，我……

"下山虎"忽然就明白了，哈哈大笑道，柳四爷是吓坏了吧，咱这里没那些丧良心的破烂规矩，山下的有钱人，无论官商，都有见不得人的鬼勾当，怕露馅儿，咱是他娘的土匪，咱连官兵都不怕，难道还怕有人听了信儿，上山来抢咱的金条不成！

言罢，仰天一阵狂笑。

柳四爷这才明白自己确确实实是捡了条命，当即谢过"下山虎"，就急匆匆地往山下奔去。

"过山虎"在后面喊，不用跑这么急，咱是大老爷们，说过的话，不会反悔的。

柳四爷好像没有听见，仍然急匆匆地向山下跑，逃命般。

下了山，在进镇子的路口，正遇上赶脚的陈二狗。柳四爷说，陈二，快扶我上驴。

陈二狗一边将柳四爷扶上自己的毛驴，一边说，唉，柳四爷今儿怎么豁出去了，舍得雇驴了？

柳四爷说，少说没用的，快送我回家。说完，就双手捂胸，趴在了驴背上。

陈二狗见事儿不妙，以为他病了，就紧抽了几鞭子，小毛驴嘚嘚地快跑起来，不消一刻，将柳四爷送到了家。

柳四爷进门一看，院子里正有人给一口棺材上漆，而他的女人孩子，都已经披麻戴孝了。

众人见了他，先是一惊，后都纷纷围上来问，四爷，你竟回来了！你怎么活着回来了……

柳四爷双手分开众人，进了屋，往炕上一躺就对女人说，快把人都赶走，关门落锁。

等屋子里就剩下自家人时，柳四爷黯然说，我以为这一去必死无疑了，谁知，那"下山虎"竟放了我。

女人和孩子们围在他面前，都一脸的惊喜。

柳四爷叹一口气，眼泪便下来了。他哽咽着说，可是，我还是没命活，我、我不该在最后的一天，吞了一大块黄金呀——

言罢，口中狂喷鲜血，气绝而亡。

屋门发出一声大响，闯进来四个短打扮、持短枪的小匪，为首一人走上前来，对女人说，奉大当家之命，一来吊唁，二来取回山上的东西。

言罢，那小匪持一把牛耳尖刀，在柳四爷的腹部插入，一旋，一挑，一块小孩拳头大、沾满鲜血的金块，就跳到他的手上。

女人和孩子们都吓傻了，一声都没吭，一动都没动。

那持刀的小匪一招手，几个人同时消失了。

涵墨傲骨

元朝刚刚建都大都时，天下初定，在各大都城、军事要塞均驻有重兵。小小的洛城因地处交通要塞，竟驻扎了五千兵马。洛城守备是个蒙古人，名叫额尔图。由于近期没有战事，额尔图经常带着亲兵到乡间打猎。洛城地处平原，本无猎可打，他们就将弓箭对准了老百姓家养的牛羊，所到之处，弄得尘烟滚滚，鸡飞狗跳，百姓稍有不满，轻则遭鞭打，重则丧命。这还不算，他还选了几个水草丰盛之地，强圈为牧场。初时，还有老百姓去县衙门击鼓鸣冤。但守备是五品官员，身为七品的知县哪里节制得了，只能推脱敷衍。久之，百姓心寒了，也就无人再告。

额尔图用搜刮的民财在他的"牧场"旁建起了一座豪华的庄园，并请洛城县衙的师爷程路给取了个名字：福寿园。这个程路是汉人，他非常想巴结额尔图，就顺便给他出了个主意，让他请当地的著名书法家谭士君题写门匾，以壮门面。

谭士君是洛城最有成就的书法家，他的书法广泛临学古人，早年从颜真卿入手，后改学虞世南，又学钟繇、王羲之，并汲取李邕、徐浩、杨凝式、米芾等各家之长，使他的书法综合了晋、唐、宋各家的书风，融会贯通，自成一体，笔画圆劲秀逸，平淡古朴。元初书坛三大家之一赵孟𫖯，提倡书法"专以古人为法"，对谭士君非常欣赏，以"书苑奇才"四字题赠之。

谭士君的字好求，街坊邻居，平常百姓，或家有红白喜事、或要乔迁新居，或是门市开张，每求必应，且分文不取。

谭士君的字也难求。凡为富不仁的奸商或贪赃枉法的官吏或不孝敬父母的逆子，无论出多么高的价码，也一概婉拒，绝无回旋的余地。

额尔图本来对汉人的这些东西不太喜欢，但他多年来南征北战忙活惯了，闲下来就难受。所以，他做这些事情也有打发时间的意思。他在程路的带领下，备了厚礼，来谭士君家求字。

须发皆白的谭士君在客厅接待了他们，但态度非常冷漠。当额尔图说明来意后，谭士君吓得头发胡子乱颤，他哆哆嗦嗦地站起来说，草民的一些粗陋文字，怎敢在守备大人的府上献丑？

额尔图信以为真，就不满地拿着一双牛眼瞪程路。程路赶紧凑上来，趴在他耳朵边上说，大人不可相信他的话，他这是推辞呢，不想给你写。

额尔图刷地抽出了腰刀，压在了谭士君的脖子上，锋利的刀刃散发出逼人的寒气。

谭士君面不改色。

程路慌了，这件事是他引起来的，如果真的让额尔图杀了谭士君，他落个"汉奸"的骂名不说，额尔图栽了面子，也不会放过他的。程路就抱住了额尔图的胳膊说，守备大人，咱们还是从长计议……他又趴在额尔图的耳边嘀咕了几句。

额尔图哈哈大笑着将腰刀入鞘，然后大喝一声，来人，把这一家大小人等，全部请到咱们军营！

在一片哭叫声中，谭士君一家大小十六口，全被带走了。

最后走的是程路，他对谭士君深深地鞠了一躬说，谭先生，我请求守备大人给您留了个面子，没有让您镣铐加身，也让您好好准备一下。明日是黄道吉日，辰时为吉时，在下会在门外恭候，您留下墨宝，守备大人马上放你一家老小，否则，以通匪论处，全部斩首。

谭府的灯整整亮了一夜。

第二天，卯时三刻，谭士君左手提一小桶研好的墨，右手擎一支大号毛笔，站在了额尔图的庄园门前。程路早已经等在了那里，忙令守门的兵丁通报额尔图，自己辑着双手迎了上来。

谭士君看也不看程路，冷着脸问，匾呢？

片刻之后，有人将长一丈、宽三尺的红木门匾抬了过来，放在了门前的空地上。

额尔图得意扬扬地站在门口，揶揄道，谭先生，先到屋里喝一碗茶吧？

谭士君冷冷地说，你的茶我可喝不起，只求你快将我的家人放了。

放心放心，咱额尔图虽然没喝过你们汉人的墨水，但信义还是讲的，你把活儿弄利索了，立马放人，哈哈……

谭士君要了一只陶碗，将桶内的墨水倒入，然后，他把大笔放入碗内，慢慢晃动着笔杆，双眼便盯紧了那匾。

周围已经站满了人，有额尔图请来的文人墨客，还有他的下属、家人,人们都不再说话,静静地看着谭士君。

谭士君轻轻将大笔提起,那碗里就干净了,没有一滴墨水。那支吸了墨的大笔,饱满得像要随时滴下墨来,但是,却不曾有一滴落下。

谭士君重提轻落,那只沉重的大笔一落到木匾上,就笔走龙蛇、轻盈欲飞了,"福寿园"三个大字眨眼间就落在了匾上,笔势雄浑,粗犷苍劲。谭士君从怀里掏出印章时,人们才回过神来,齐声叫好。就连不懂书法的额尔图,也从中看出了不凡的气势,连声叫好。

额尔图上前拉住谭士君道,谭先生,今天是咱府上大庆,就留下来喝一杯吧。言辞已极为恳切。

谭士君一言不发地看着额尔图。

额尔图拍了拍脑门说,忘了忘了,来人,快把谭先生的家人放了。

谭士君一家老小被放了出来。额尔图见谭士君执意要走,也就不再挽留。

谭士君早就备了两辆马车,在不远处停着,待家人都上了车,对马夫说,快走,越快越好!

中午,火辣辣的日头火一般炙烤着大地,也炙烤着额尔图门上那块刚刚挂上去的大匾。守门的兵丁倚在门框上打盹,忽然闻到一股刺鼻的硫黄和火硝的味儿,睁眼一看,门上那块大匾轻烟弥漫,接着蹿起一溜火星,火就烧了起来。

当额尔图闻讯赶来时,门匾已经快烧完了,引着了屋檐顶上的椽子,忙命人救火,天气正干燥炎热,哪救得及,火借风势,很快漫过整个门楼子,蔓延到所有的房屋上,整个庄园陷在了一片火海中,女人们尖叫着纷纷从屋里逃了出来,有些人衣不蔽体,十分狼狈。

额尔图明白着了谭士君的道儿,差人去抓时,谭府早已人去屋空。额尔图惊怒交加,一刀剁了那个程路,总算出了一口恶气。

从此,谭士君不知去向。

世　　仇

两年前,金元洪被李元庄的仇家追杀得鲜血淋淋一头撞进黎明寨时,谁也没有怀疑这是一场前人已经用了千遍万遍的苦肉计。

黎明寨和李元庄有世仇,几百年来,大小械斗发生过几十起,两个庄子几乎家家户户都有人在械斗中丧生,所以,两个庄子结成了世世代代也解不开的血海深仇。既然金元洪是李元庄的敌人,那就一定是黎明寨的朋友,这是黎明寨的寨主黎天鹏的逻辑,这种逻辑在全寨人的心目中也是非常正确的。况且,金元洪向黎寨主讲述了自己一家被李元庄庄主迫害致死的经过时,声泪俱下,谁也无法相信那竟是演戏。

从金元洪对自己曲折身世的叙述中,黎天鹏知道他有一身好功夫,待他养好伤后,就留他在府中做了教头,还特殊嘱咐其用心教一下少寨主黎汉。

黎汉和金元洪好像天生有缘,两人经过几天的熟悉后,很快就形影不离了。每天一大早,金元洪便开始教黎汉练武。说来也怪,这黎汉平时并不热衷于学武,但自从跟上了金元洪,忽然就对武术痴迷起来。为了便于早晚练武,他甚至擅自和金元洪搬到了一处。对此,寨主黎天鹏也听之任之了。平日闲暇时,黎天鹏便将金元洪约到自己的房间里,两人饮酒长谈,一醉方休。一次,酒至酣处,黎天鹏还提出将自己的妹妹许配给金元洪。金元洪虽然推说家仇未报不便谈及婚嫁,但他的两只眼睛分明湿润了。

金元洪在黎府一待就是两年。由于寨主的重视,他在黎府的地位一直比较特殊,连总管也得敬他三分。至于少寨主黎汉,更是和他好得如同兄弟。

黎汉是偶然发现金元洪绘制地图的。那天晚上,黎汉睡到半夜,被一泡尿憋醒,见金元洪正趴在床前的桌子上,聚精会神地画着什么,由于好奇,他就悄悄站了起来,越过金元洪的肩膀去看桌上那张摊开的草纸。这一看,他吓了一跳,这是黎明寨的地形图。黎汉虽然只有十五岁,那他也知道,黎明寨之所以可以和人多势众的李元庄抗衡,都得益于黎明寨周围和寨内复杂的地形,外村人进来就迷糊调向,想出去可就太难了。因此,多年以来,外村的人们都管黎明寨叫"迷魂寨子"。黎明寨和李元庄的很多次械斗,都是以黎明寨不敌而退回寨子为结束。李元庄的人虽然早想除掉这个心头之患,但因为不熟悉地形,不敢贸然进寨。所以说,黎明寨的地形图,就是寨子的命根子。黎汉年龄虽小,但胆大心细,他当时没有吭声,悄无声息地躺回了原处,硬是将一泡尿憋到了天亮。

起床后,黎汉照常跟金元洪一块儿练功,等练完功后,他才跑回后院,将自己的发现告诉了父亲。

对此,黎天鹏表现得相当冷静。他嘱咐自己的儿子,先不要把这件事情告诉任何人,对金元洪要一如既往,只是他出寨时要想法阻止他,并尽快向他报告。

　　从此,黎汉就加紧了对金元洪的监视。每天晚上,他总是先上床假寐,暗暗注意金元洪的一举一动。终于,在一个夜晚,他发现金元洪又将自己精心绘制的地图扔到了炉火之中。

　　黎天鹏得知这一情况后,立即断定:金元洪已经将寨子里的地形熟记在胸,准备离开了。事不宜迟,必须将他抓起来,如果被他走掉,寨子里的两千多人就要大难临头了。但转念一想,黎天鹏又犹豫了,金元洪已经将地图烧掉,现在一点儿证据也没有,出师无名啊。

　　正在黎天鹏左右为难时,突然有庄丁来报:金元洪有一封书信要求转给寨主亲阅。黎天鹏接过书信,还未差阅,又有一个庄丁慌慌张张地来报:金元洪擅自出寨,庄丁们拦截,他竟抓了少寨主黎汉作人质,强行出了寨门。

　　黎天鹏立即带人出寨追赶。

　　黎明寨二百多个庄丁将金元洪围在了一片方圆只有几十米的小树林中。但人们投鼠忌器,怕金元洪伤了少庄主,所以,谁也不敢冒险往里闯,更不敢开枪。

　　双方正僵持不下,李元庄方向忽然传来一片枪声和呐喊声,并且越来越近。显然,他们是听到枪声后来接应金元洪的。

　　怎么办?人们都把目光投向庄主黎天鹏。

　　人们都清楚,硬拼,李元庄的人数至少比己方多两倍,而且武器也好,最终的结局还是退回寨子里。但那样金元洪就会乘机逃脱,后果不堪设想。

开枪！忽然，黎天鹏大吼了一声，并率先向林子里开了一枪。

没有人开枪，因为人们知道，开枪就意味着将少寨主也送进了鬼门关。

弟兄们！为了全村两千条命，开枪呀！黎天鹏发火了，并向树林里连续射出了一梭子弹。

枪声大作，密集的子弹从四面八方飞进小树林！袭击了小树林的每一寸地方。

片刻之后，黎天鹏喊了一声，停！

枪声停下来了。黎天鹏第一个扑向小树林！庄丁们紧随其后。

尸体找到了，是金元洪的，他身中数十弹，已惨不忍睹。令人惊异的是，少寨主黎汉竟毫毛没伤，他被金元洪宽大的身躯压在一个小凹坑里，阻挡了一切可能飞来的子弹……

为避免伤亡，黎天鹏带着庄丁们迅速撤回到寨子里。

回到家，黎天鹏首先找出金元洪写给他的信，展开一读，不由得热泪盈眶。

黎寨主：

您好！

谢谢您两年来对我的关照，我十分感激，通过两年多的接触，我非常佩服您的为人。今天，我要离开了，有些事情需要向您说明，否则，我将终生愧疚。

我是李元庄的少庄主，真实姓名叫李少春，奉父亲之命来您寨卧底，本打算等摸清您寨子的地形情况后，带我的人来血洗黎明寨，以了却数百年的仇恨。但是，通过对您的了解，我发现您及少寨主都是十分仁厚善良的人，对于我一个无家可归的落魄人尚如此，假如，我们没有以前的仇恨，您对于我们李元庄这样"鸡犬之声相闻"的邻村人肯定更加关照，既如此，我们何苦要世代互相残杀下去呢？经过慎重考虑，我决定回村劝说父亲，与您寨修好，结束数百年来的悲剧。我知道，在事情没有办成之前，你不会放我走，因为我已经熟悉了你寨子的地形。所以，我决定不辞而别，假如走得不顺利，可能会有冲突，但我不会伤害贵寨的任何人，请勿怪，我一定会使两村修好。

时间匆忙，不再赘言了，来日待两村修好，定当登门谢罪。

小侄 李少春 敬上

黎天鹏看罢信后，擦干眼泪，长叹一声，唉！这是劫数呀！

自此，黎明寨和李元庄的仇结得更深了，彼此打打杀杀的悲剧仍然上演着。

宿　仇

阳光下，一片刀光剑影！

杀杀杀！

血肉横飞，尸陈遍野。

两个家族，几百年的血债与仇恨，将在今天了结。从此，一个家族将会永远消失，另一个家族就会在劫后余生的漫长岁月中逐渐恢复得更加强大。

双方势均力敌，拼杀进行了一天一夜，大多数人都倒下了，只剩下了两个人。梁姓家族剩下的是一个男人,我们叫他梁。郝姓家族剩下的,也是一个男人,我们叫他郝。

梁和郝旗鼓相当,两人的决斗从戈壁打到田野,从田野打到海边,又打到了泊在海边的一条大船上。

打斗进行到第三天,两人都累了,躺在甲板上大口地喘着粗气,像两条离了水的大鱼,手里兀自紧攥着刀。

天忽然暗了下来,狂风大作,大雨滂沱。两人想下船,船已被大风推离了海岸,向大海深处飘摇……

两人抱紧了船舷,谁也不敢妄动。

当风平浪静,日头重新焕发光彩时,船已停靠在一个不知名的荒岛上。船在靠近小岛的同时触了礁,正慢慢下沉。两人同时弃船上岛。

船沉了。两人对着一望无际的大海,都傻了。

两人都感到了饥饿。于是,分头上岛找东西吃。岛不大,却林深草密,林中遍布着野果树,还有兔子、野鸡、狐狸、蛇等小动物隐匿在草丛中。另外,他们还看到了几具人的尸骨。

两人吃饱了肚子后,仇恨又染红了双眼,新一轮的拼杀又开始了。

最终,梁打败了郝。

梁将郝绑在了一棵大树上。

梁在郝的胸口浅浅地划了一刀,鲜红的血蚯蚓般顺着肚皮蜿蜒而下。

梁说,我要你一天流一点儿血,直到你血快流尽的那一天,我再将你碎尸万段。

是男人,就让我死得痛快些!郝说。

梁狞笑，那样怎能解我心头之恨！

从此，梁每天都在郝的身上轻轻划一刀，想哪个部位就是哪个部位，胳膊、大腿、后背、肩膀，到处都被划开，流血，血凝，结痂。

郝破口大骂，想激怒梁，求速死。梁却充耳不闻。

闲下来，梁就到林子里采野果，用藤条做扣子，逮野味。他吃饱了，就喂郝。郝不吃，梁就把野果捣成汁，和了野味的血，用刀尖撬开郝的牙齿，硬灌。

郝大骂。

梁大笑。

一个月后，郝奄奄一息了。

明天，我就会把你肢解，剁成一块一块的，扔到海里喂鱼。

郝无语。

第二天一早，梁在石头上磨好了刀，走近郝。

郝的头耷拉着，梁托起他的下巴，见郝双目紧闭，面色如霜。

莫不是已经死了吧？梁探了探郝的鼻息，感觉不到一丝气息。

你死了。

你到底死了。

你怎么能死呢？

梁先是感到愤怒，后又感觉到一种巨大的孤独和恐惧像积满乌云的天空，黑压压地笼罩了他。

他死了……从此，这个孤岛上就只剩下我一个人了。我将独自面对潮涨潮落、日月星辰、花开花谢、四季轮回……这是多么恐怖……梁不敢往下想了。

不行！不能让他死！

梁把郝从树上解下来，放到一个舒适的地方。

灌汤、敷草药、拍打、呼叫……终于，郝又睁开了双眼。

你这个畜生，让我死吧，剁成一万块也行。

求求你，别死。

郝傲慢地闭上了眼睛。

你恨我是吧？恨我折磨了你这么长时间？

梁拿起了刀，在自己的胸上划了一道血淋淋的口子，血汹涌而出！

郝睁了睁眼，又闭上了。

梁又在自己的大腿上、胳膊上划了一道又一道的血口子，很快把自己划成了一个血人。

郝睁开眼睛，艰难地说，好了，我陪你活着。

从这一天起，两人开始静静地养伤。

岛上的时光缓慢而无聊。渐渐地，两人有了交谈的欲望。起初，只是简单的问候和关于天气很好之类的废话。日子久了，两人的话就稠了，甚至谈起了他们两个家族之间的仇杀。当谈到小时候对这种仇杀的恐惧时，两人竟找到了英雄所见略同的知己感。

他们在这个岛上相依为命了十年，成了亲如兄弟、无话不谈的挚友。

他们是幸运的。十年之后，一艘过路的商船将他们带回了故乡。

登陆之后，两人看到了久违的故土，看到了熟悉的田野和村舍，看到了熟悉的各色人等。

所有的记忆都被激活了，尤其是——仇恨。

两人在一个岔路口分手，要各奔东西了。

两人将背道而驰的刹那间，都抽出了刀，刺中了对方！

然而，两把刀都没能插进对方的身体。

两人同时看了看自己的刀。

十年的时光，早已把刀尖磨圆了。

宽　　恕

萧天尧风一般穿行在丁镇的大街上，两肋下的"二十响"在日头下闪着锃亮的光。他此行行刺的目标很明确，就是本镇的大户丁家。

十年前，丁家大少爷丁怀新强暴了萧天尧的妻子，因为妻子拼命反抗时弄瞎了丁怀新的一只眼睛，丁怀新一怒之下，竟将她和襁褓中的儿子一起扔进了后花园的池塘里，活活溺死了。

痛不欲生的萧天尧在得到这个噩耗后，便发誓报仇，他要让丁家加倍偿还血债。但他知道，凭他的能力，是无法和丁家对抗的，丁家光护院就有四十人，全部配备了长短枪，外人根本进不去门。丁家的老爷少爷外出，也是前呼后拥，保镖林立，根本无法下手。萧天尧便只身跑进大山里，投靠了土匪头子徐大舌头。

十年来，萧天尧无时无刻不在想着报仇，为此，他下苦功夫，练就了一手的好枪法和一身的好功夫。十年来，他多次想下山寻仇，都被徐大舌头挡住了。起初，他以为徐大舌头是怕他吃亏，后来渐渐明白了，徐大舌头一直吃着丁家的"月供"，和丁家关系甚密。徐大舌头知道他和丁家有仇，还能收留他，已经不错了，哪容他去杀自己的衣食父母呢？他就一直忍着，他相信一句古话：君子报仇，十年不晚。

现在，机会终于来了。徐大舌头因为一个女人，和另一个山头的老大火拼，身中数枪而亡。徐大舌头手下的人也死伤严重。埋葬了徐大舌头后，小匪们遂树倒猢狲散。萧天尧也成了自由之身，总算可以下山寻仇了。

萧天尧知道，一场血战不可避免，但他有十足的把握取胜。十年前，丁家的保镖们在他眼里如狼似虎，可在十年后的今天，他们不过是一群乌合之众。他们手里的枪，吓唬那些手无寸铁的老百姓还行，但在他眼睛，不过是一堆破铜烂铁。十年的土匪生涯，不但增长了他的本事，还将他磨炼成了胆大包天、杀人如麻的枪手和刀客。

丁家的朱漆大门已经近在眼前了。他早已经计划好，先出其不意，射杀门口的四个保镖，然后再闯进去，将大门反锁上，这样做，一是不放跑任何一个人，二是外面如有援兵，一时也攻不进来。

萧天尧来到丁家大门前，拔出了双枪。他有些激动，血洗丁家大院，这是他十年来唯一的梦想，也是在他痛失爱妻爱子后活下去的唯一精神支柱。但奇怪的是，丁家的大门敞开着，门口却没有一个人。难道是自己走漏了风声，丁家已经设好了圈套等他来钻？不管这些了，既然来了，就不怕他有什么花招。萧天尧大踏步地走进了丁家大院。

萧天尧感觉到了异常。因为往昔繁华的丁家大院，竟然看不到一个人影。难道他们真的知道了仇家要来,在四处设了伏兵?不可能呀,自己今天来寻仇,对谁都没说呀。

萧天尧仔细观察周围,才发现,丁家大院里,竟然到处长满了茂盛的杂草,高的已经能藏人了。屋檐下,挂满了蜘蛛网。竟似好久没人住过的闲宅。难道丁家又发了大财,搬家了?萧天尧内心一阵莫名的恐慌,他举起双响,朝天鸣放了两枪,同时大喊:有人吗?滚出来!

一阵趔趔趄趄的脚步声,从偏屋里跑出了一个人,大声问:谁放枪?谁放枪?

萧天尧一看,这人竟是丁家的铁杆管家丁三,只是他的气质,已经大不如前,也瘦了不少。丁三仔细看了看萧天尧,猛然后退了一步,哆哆嗦嗦地问,你你、你是、是萧、萧天尧?

萧天尧冷笑了一声说,丁大管家,别来无恙呀?

丁三忙哈了哈腰说,托您的福,还活着,您是回来寻仇的吧?

萧天尧看了看破败的丁家大院,忍不住好奇,问道,丁家怎么了?

丁三苦着脸说,还不是大少爷给败的?老爷活着的时候,他还有所顾忌,可老爷死后,少爷当了家,就变本加厉了,他以前只是好色、好饮,后来又添了赌博和抽大烟,万贯家财,就这么一点点败光了……你刚才放枪,我还以为是讨债的又来了呢。

这时,正房里传来了一声咳嗽,一个细若游丝的声音传了出来:丁三,虽然丁家衰败了,也没有让客人在外面站着讲话的道理呀?

丁三忙哈了哈腰,把萧天尧往屋子里让。

萧天尧走进了正房,屋里光线很暗,他适应了一会儿,才看清,屋子正中放着一张罗圈椅,椅子上躺着一个人,骨瘦如柴,但从轮廓上,他能认出,这人就是他日夜想杀死的仇家——丁怀新。

丁怀新歪头看了看萧天尧,萧当家的,你是来杀我的吧？来吧,帮我了却这条残命吧,省得活着受这份洋罪。

萧天尧把枪顶在了丁怀新的太阳穴上。十年来,萧天尧在心里想了一百种一千种和丁怀新见面的情景,也想了很多种杀死他的方法,但是,就是没有想到,他要杀的仇人,以前威风八面的丁家大少爷,已经成了一个风烛残年之人,一个手无缚鸡之力的人,现在他只需一个手指头,就能轻松地取他性命。但是,在刹那之间,他忽然没有了杀人的欲望,他觉得杀这样一个毫无还手之力的人,一点儿价值和意义也没有,即使杀了他,也没有快意恩仇的感觉。眼前的这个人,他恨了十年,可是,当真的能杀这个人了,忽然又觉得这个人竟然没有那么可恨了,甚至还有些可怜……仇恨在萧天尧的胸腔里一点点消失……

萧天尧最终放下了枪,大踏步地走出了丁家大院。

第二天一早,丁怀新在丁三的搀扶下,拿着祭品,来到他埋葬萧天尧妻儿的坟前。

一个人躺在坟前,从太阳穴里流出的血已经凝固了,右手的枪,还在太阳穴处顶着。

丁怀新和丁三面面相觑,他们想不明白,为什么萧天尧在击毙他们之前,竟然宽恕了他们,而最终,却不肯宽恕他自己。

祖 传 规 矩

禹城的秦家烧鸡是久负盛名的名吃,其烹制秘方为世代祖传,传到秦二这一代,已是第四代了。

秦家烧鸡铺除传下了烹制秘方外,还传下了一条铁规矩:每日只做百只,卖完就打烊。任是达官贵人还是豪绅富贾来买,只要是已经卖光,给多少钱也绝不再做。这个规矩传了一百多年,从未破过。

且说这一天,盘踞禹城的土匪头子李连祥来城内办事,路过秦家烧鸡铺,恰逢烧鸡刚刚出锅,李连祥禁不住香味的诱惑,就掏钱买了一只。回来后,李连祥迫不及待地撕开那只鸡,烫上二两烧酒,独自享受起来。这一吃,他竟然吃上了瘾,一只二斤左右的烧鸡三下五除二就吃得只剩下骨头了。第二天,他就派一个小匪进城去给他买烧鸡,并点明只要秦家烧鸡铺的。

小匪去了整整一天,天黑时才空着手回来了,原因是人家已经卖光了。眼巴巴地等着吃烧鸡的李连祥一听,气得当即就给了那个小匪一脚。接下来的这顿晚饭,李连祥吃得味同嚼蜡。

第三天一大早,李连祥又派了一个得力小匪骑快马去城里秦家烧鸡铺买烧鸡。

还不到中午,这名得力的小匪就回来了,带回了一只斤把沉的秦家烧鸡。李连祥不悦地问:"怎么才买了这么点蛋仔儿玩意?"小匪委屈地说:"就这时去晚了也捞不着了,人家有规矩,一天就做百只,多一只鸡爪也不做。"李连祥一听就火了,一掌将小匪手里的烧鸡打落到地上说:"娘的! 一个卖烧鸡的还有什么臭规矩,老子非破破他这个鬼规矩!"

当天晚上,李连祥就派出了十几个人,将秦二一家老小全部掳来了。

次日一早,李连祥就将秦二传进他自设的大堂。李连祥问:"听说,你这个做烧鸡的还有个规矩?"秦二忙点了点头说:"是的是的,这是小人祖上传下来的规矩,小人不敢违背。"李连祥"啪"的一拍桌子说:"你卖烧鸡只管卖就是了,还立这熊规矩干蛋用?"秦二吓得哆嗦了一下说:"小人只知道这是祖上传下来的规矩,不能违背,却不知道祖上为什么立这种规矩。"李连祥说:"老子不管你这蛋规矩,从今天开始,你就一天给老子做三百只烧鸡,少了小心你那个吃饭的家伙。"秦二吓得"扑嗵"一下跪在地上说:"大老爷,您就饶了小人吧,小人给你做牛做马都行,这祖上的规矩可万万破不得啊。"李连祥一听,驴脾气当即就犯了,"当"地一脚将秦二踹翻在地上说:"今天老子倒要看看是你祖上的什么蛋规矩厉害,还是老子的规矩厉害。来人! 把这个不知好歹的婊子儿给我吊起来,狠狠地打!"几个小匪过来,麻利地将秦二吊在了梁头上。

李连祥冷笑道:"小子,这回你祖上的规矩该破破了吧?"秦二低垂着头,一言不发。李连祥一挥手:"给我打!"

"噼哩啪啦",一阵皮鞭响。

李连祥托起秦二带血的下巴问:"这回你祖上的规矩能破了吧?"

秦二有气无力地抬头看了李连祥一眼,很坚决地摇了摇头。李连祥重新打量了一下秦二说:"哟嗬,真看不出你还是一个拧种哩,好,老子看你到底有多拧! 来人! 把他老婆孩子都给我吊起来,往死里打!"秦二猛地哆嗦了一下,连声说:"不不不! 你,你让我再寻思寻思……"李连祥得意地笑笑说:"小子,怎么不拧了?"秦二说:"老爷,小人可以给你做,不过,你答应小人一个条件。"李连祥不耐烦地挥了挥手说:"说吧说吧。"秦二小心翼翼地说:"小人做生意讲究的是一个'信'字,现在很多老主顾都等着小人的烧鸡,所以,小人最多在这儿待三天,这三天您让我做多少都行,过了这三天,小人就得回家,您看行不行?"李连祥一听,本想发火,转念一想:这小子属于外软内硬的茬,真闹僵了这烧鸡就吃不成了,先吃三天再说吧,反正也跑不了他。就一口答应了下来。

　　早有小匪弄来了几百只肥嘟嘟的鸡,众小匪一齐动手褪鸡。晌午李连祥就吃上了香喷喷的秦家烧鸡,小匪们也跟着解了馋。

　　一连两天,李连祥上顿烧鸡下顿烧鸡,除烧鸡之外什么也没有吃。第三天早上,他吃着烧鸡不如以前的香,以为是秦二偷工减料了,就到厨房里将秦二狠狠地大骂了一顿。秦二唯唯诺诺的什么也说不清楚,只说自己一直是按家传秘方做的,没有偷工减料。李连祥瞪了他一眼,嘴里不干不净地骂着娘,气哼哼地走了。到了中午,当小匪将两只香气扑鼻的烧鸡端上来时,李连祥只觉得胃里有一股酸水直冒上来,腻歪得想吐。他赶紧冲小匪摆了摆手说:"快快,快拿得远点,老子不吃了!"

　　当天下午,李连祥就将秦二一家人放回了家。

　　秦二继续做烧鸡,仍然按照祖传的规矩,一天只做百只,多一只也不做。有人就劝秦二说："秦二，你这祖传的规矩反正叫李连祥给破了，不如就借这个理由开张，想做多少做多少，那样你也能多赚钱呀。"秦二笑着说："那是被逼无奈，不算数的。祖宗的规矩怎么可以随便破呢。"那人一阵尴尬，打着哈哈走了。其实，秦二有他自己的想法。以前他确实不明白祖上为什么会留下每天只做百只烧鸡的规矩，经过这次给李连祥做烧鸡，他才深刻理解了祖传规矩的奥妙。他暗下决心，一定要将这个祖传规矩继续延续下去。

青楼女子碧玉

日本鬼子一进城，很多事情都变了样。先是以前嘴里要抗日的"二皮"陈四挎上盒子炮，当了汉奸。后是绸缎庄的老板周五爷当了维持会的会长。不过，最令人惊讶的是"留香楼"的名妓碧玉，她在鬼子进城后的第三天就立下了一条规矩：只接待日本客人，对中国人一律不接待。这一下可把人们都气坏了，没想到婊子也当了汉奸。

碧玉十岁时就被卖到"留香楼"当丫头，十三岁起接客。她聪明伶俐，在"留香楼"待的几年间学会了抚琴下棋，唱曲跳舞，更有一个好身段儿和好脸蛋儿，所以不久就红遍了全城。虽然碧玉从事的是皮肉生意，但人却极为善良，重情重义。她经常用攒下的私房钱周济穷人，在小城有一个青楼女子从未有过的好名声。

有一个来自陕西的年轻生意人韩金，经常来"留香楼"找碧玉，和她最要好。后来，韩金的生意亏了本，没有回家的盘缠，只好流落街头。碧玉知道后，就差自己的丫头找到他，把她多年积累的私房钱全都给了他，要他不要落魄还乡，要东山再起，挣了钱再衣锦还乡。韩金万分感动，他利用碧玉给他的钱做本，发奋图强，几年的时间里就将生意又做大了，不仅还了碧玉的钱，而且还盈余丰厚。韩金感慨之余，就生了替碧玉赎身的念头，要娶她为妻。"留香楼"的老鸨贪财如命，岂肯轻易将手里的"摇钱树"出手，就开出了天价：五千个大洋。尽管韩金这几年发了点儿财，但要一下拿出五千个大洋，还真不容易。但韩金已经铁了心要赎碧玉，就决定变卖货物，一旦凑够五千个大洋，就将碧玉赎出来。碧玉也将自己的私房钱尽数给了韩金，一心只等他来为自己赎身了。

就在韩金加紧变卖货物准备为碧玉赎身的节骨眼上，鬼子进了城。三天后，碧玉就给自己订下了那条规矩。经常出入"留香楼"的人便都骂，经常说风凉话给韩金听，但韩金没往深处想，他想反正过不了多久碧玉就是自己一个人的了，她现在接什么客已经无所谓了。

韩金做梦也没有想到，当他好不容易凑足了大洋，去"留香楼"赎碧玉的时候，碧玉却变了卦，不肯再从良了。韩金目瞪口呆了一阵之后，就苦口婆心地劝她改变主意，最后竟苦苦地哀求起来。但碧玉却不为其所动，铁了心要继续当妓女。韩金的耐心达到了极限，最后含着眼泪问："玉妹，我再问你一句，你到底跟不跟我走?"

碧玉咬着牙摇了摇头说:"金哥,你不要再为我劳神了,我不会跟你走了。"

韩金转身走了出去。

碧玉的眼泪像小溪一样流了下来。

这件事终于以韩金的碰壁平息了下来,人们见多不怪,也就不再议论这件事情了。

"留香楼"渐渐地成了鬼子的天下。鬼子们都点碧玉,当天轮不到的,第二天接着挨号。

碧玉自从专门接待鬼子以后,就很少露面了。偶尔,她在傍晚时分穿一件粉红色的旗袍走到大街上,也没有了往日的风韵。她的脸苍白得雪一样,没有一丝血色,却更呈现了一种凄婉的美。人们不再热情地和她打招呼,有刻薄的人在背后便指着她的脊梁骂:骚娘们! 汉奸!

碧玉听见了骂声,并不回头,脸上没有一点儿表情。

鬼子进城三个月后,碧玉就再也不露面了。

光顾"留香楼"的鬼子一天一天少了起来。后来,就一个也没有了。"留香楼"呈现出从未有过的冷清。

当人们快把碧玉忘记了的时候,她才又出现在街上。是鬼子把她五花大绑,押到大街上的。鬼子要枪毙这个已经奄奄一息的女人,罪名是:故意向皇军传播梅毒,危害皇军健康,阴谋破坏皇军建立大东亚共荣圈的计划。

碧玉死了。

人们若有所悟。人们再也没见到以前经常光顾"留香楼"的那些鬼子,有人说,那些鬼子都得了梅毒死了,也有人说没死,但也治不好,只好送回日本接受处置了。

韩金将碧玉的尸骨运回了陕西老家,埋在了祖坟里,并为她立了一块石碑,上写:爱妻韩碧玉之墓。没人知道碧玉姓什么,韩金就让她随了自己的姓。家里人想探听碧玉的底细,问他:"碧玉是干什么的?"韩金便冷峻地说:"是个英雄。"

兄 弟 墓

鬼子一进村,大家就知道,鬼子是冲那批药品来的。

鬼子还是沿用惯用的伎俩,把村里人都赶到一片空地上,周围架上机枪,然后再挨家挨户地搜。搜了半天,什么也没搜着,鬼子的刺刀上却挑满了鸡鸭鹅等活物儿,还有伪军牵着羊、抱着猪仔,畜禽们此起彼落的叫声使沉闷的空气热闹起来。

这批药品是八路军游击队伏击鬼子的运输车弄到手的,还打死了十几个鬼子,所以,鬼子中队长伊田非常恼火。当他们接到线报,药品就藏在这个村里时,就纠集队伍疯狂地扑了过来。

伊田对付中国人的办法只有一种,就是杀人。

天气很热,蝉的叫声使人们更加烦躁。

伊田缓缓抽出了指挥刀,刀在阳光下变成了一道寒光。

伊田说,药品的,就在这个村里,不交出来,统统死啦死啦的!

伊田把指挥刀向下一劈,枪声爆响,站在人群最前面的十几个人扭曲着倒在了血泊中。

伊田把指挥刀向上一扬,枪声停了。

伊田说,药品的,能不能交出来?

人群无声。连孩子的哭声都止住了。

伊田的指挥刀作势欲劈……

慢着!

随着一声断喝,村主任从人群中走了出来。

伊田笑了,露出了两个大鲍牙。伊田把指挥刀压在村主任细瘦的脖子上,你的,知道药品的下落?

村主任冷冷地说,知道,药品就是我亲自藏的。

人群骚动起来,有人大声喊,村主任,那药品是八路军伤员的命根子呀!

村主任像没听见一样,两只闪着红光的眼睛紧盯着伊田的眼睛,只有我知道药品藏在哪儿,让这些无辜的村民都走,我就告诉你。

伊田缓慢而坚决地摇了摇头,你的,必须先告诉皇军药品的下落,这些人才可以活命。

村主任犹豫了片刻,点了点头说,好,我可以先告诉你,药品就藏在关帝庙后面的树林里。

人群顿时乱成了一锅粥,叫骂声掩盖了蝉的鸣叫。

村主任,你个汉奸!

王八蛋!老子早晚杀了你……

不得好死……

村主任的脸剧烈地抽搐了一下,眼里有泪花在阳光下反射着两粒白光。

伊田将指挥刀插入鞘内,向后挥了挥手。

机枪手都撤了下来,包围圈取消了。

人们四散而逃,有两块碎砖头不知从哪儿飞过来,一块砸在村主任的脸上,另一块砸在村主任的胸上。

伊田同情地拍了拍他的肩头,你的,带皇军去取药品,皇军的,重重地赏你。

村主任走在队伍的前面,后面是荷枪实弹的鬼子。

村主任走得很慢,边走边回头向村庄张望。伊田有些不耐烦了,接连推了他几把,你的,快快的……

从村里到关帝庙,也就二里路,村主任却走了大约半个时辰。

村主任带鬼子刚走到关帝庙前,从庙后的林子里飞出了一颗子弹,正击中村主任的前额,村主任一声不吭地倒了下去。

鬼子的军医赶紧跑过来,摸了摸村主任的胸口,又探了探他的鼻息,冲伊田摇了摇头。

伊田恼怒地拔出指挥刀,向小树林一挥!

机枪、步枪、冲锋枪一起向小树林狂扫,树林里变成了一片火海。

伊田在小树林里一无所获,又带领鬼子们赶回村庄时,发现村子里已经空无一人。

伊田垂头丧气地收兵回城,半路上,却遭到了伏击,一百多个鬼子,全军覆没。

这次伏击是八路军鲁北支队的一个连和县大队联合干的,战斗结束后,县大队的张政委就命令调查一件事:谁开枪打死了村主任?

事情很快查清楚了,是县大队有名的"神枪手"鲁怀山开的枪,当时,他带着几个游击队员就埋伏在村口,本是想伺机营救全村的乡亲的,却因人手少,一直没法下手,就一边差人找县大队汇报，一边继续监视鬼子。没想到，后来村主任叛变，竟然带鬼子来关帝庙取药品，他就在暗处打了一枪。

张政委一拍大腿，嘿！这个鲁怀山，真是太莽撞了！那树林里根本就没有药品，药品在村主任家的地窖里呢。

但组织上并没有追究鲁怀山，因为情况已经非常清楚，村主任是想引开鬼子，让乡亲们免遭鬼子的杀害，等鬼子发现上了当，村主任最终难逃一死。而鲁怀山以为村主任已经叛变，在那种特殊情况下，实在没有办法也来不及向上级请示，在原则上讲也没有错误。

但是，鲁怀山最终还是知道了事情的真相，当天，他就用那条令鬼子闻风丧胆的"神枪"自杀了。人们在他那枪的枪柄上，发现了他刻下的一行歪歪扭扭的字：枪，是不可以随便开的。

张政委知道了后，半晌无言。

在张政委的主持下，县大队将村主任和鲁怀山合葬在了一起，并在坟前立了一块石碑，上面刻着三个大字：兄弟墓。

埋葬了两人后，张政委才眼含热泪对同志们说：大家可能还不知道吧，村主任是我的亲生父亲，而鲁怀山同志，是我父亲的结义兄弟呀！

宝　刀

关子明靠打铁谋生。但他的名气不是因为打铁手艺，而是他有一把祖传的宝刀。

据说，这把刀已经传了几十代了，是当年关羽遇害后，一个崇拜关羽的吴国副将把青龙偃月刀的刀头作材料，经过数月的火炼水淬精制而成，可以迎风断草，削铁如泥。

拥有宝刀的关子明，据说也有一身的好刀术，但是，镇上的人们都没有见过他练刀，甚至连他的刀也没见过。那把刀，终日被关子明负在背上，外面有一个黑色的刀鞘。

鬼子在镇上修起了炮楼子。

鬼子小队长中村嗜武如命。他从一个汉奸嘴里知道了关子明，就找上门来。

盛夏的天气，关子明封了火，正在铁匠铺子里喝大叶子茶。

中村弯腰进了铁匠铺子，他带来的两个兵一左一右，把住了门。

中村问，你的，关云长的后人？

关子明斜了他一眼，点了下头。

中村说，我的，读过三国，非常佩服关云长，可是，我们隔着这么远的时空，没法交流。今天，能遇到他的后人，我的，三生有幸。

关子明这才站起来，双臂抱在胸前，你说，什么事吧？

中村笑了，他缓缓抽出了东洋刀，我的，想和你切磋一下刀法，你的，敢不敢？

两人在铁匠铺门前的空地上站定。

铁匠铺前很快就站满了围观的人。

中村双手擎刀，刀尖冲天，蓄势待发。

关子明一动不动。

中村叫道，拔刀吧！

关子明摇了摇头，从门前的柳树上折下一根小拇指般粗的柳条儿,有手一撸,碧绿的柳叶儿撒了一地。

中村怒道,你的,敢藐视我们大日本帝国的东洋剑法?

关子明一笑,你尽管来吧!

中村嚎叫一声,东洋刀闪电般向关子明的头顶劈了下来!

关子明的手腕微微一动,那枝柳条儿带起一股清脆的风声,后发先至,击在中村的双腕上,东洋刀劈至半路,便软软地落在地上。

中村诧异地看了关子明半晌,说,关的,我想领教的,是你的刀法。

关子明说,如果我拿的是刀,你的手还在吗?

中村的脸红了,但他仍然坚持说,我的,是想看一下你的宝刀!

关子明说,可以,等你赢了我。

中村叹了一口气,走了。

周围爆发出一片暴雨般的掌声。

此后,中村多次来挑战,均大败而归。

而且,关子明从未拔出过他的那把宝刀。

关子明名声大噪。

后来,八路军武工队的邢队长被组织上安排在镇上养伤。由于叛徒告密,泄露了风声,中村带着一小队鬼子兵在镇上挨家挨户搜查。当搜到关子明的铁匠铺时,关子明一尊铁塔般站在门口,一动不动。几个鬼子刚一靠前,他就将手伸向肩后,握住了刀柄。鬼子吓得连连后退。

中村冷笑道,关,你终于肯拔刀了!

关子明摇了摇头,你的,不配。

中村狂怒道，关，你的明白，今天不是和你私下比武，而是执行皇军的军务，希望你能识相点。

关子明像一棵树，就长在了门口。

中村一挥手，开枪！

几个鬼子端起三八大盖，瞄准了关子明。

关子明探手入怀，然后一扬手，几只飞镖同时飞了出去，鬼子们还没来得及拉开枪栓，就倒在了地上。

中村向天开了一枪，一大队鬼子拥了过来。

中村笑道，关，我的，今天一定要见识见识你的宝刀。

他冲鬼子们说了一通日语，鬼子们都退下弹夹，挺着刺刀向关子明扑了过来！

关子明拳脚并用，在鬼子们的刺刀中穿插自如，鬼子只要挨近他，他或掌劈或拳打，都是一招命中要害，片刻之间，已经有十几个鬼子尸横当场。

鬼子越聚越多，明晃晃的刺刀逐渐将关子明逼到一个墙角，由于可供周旋的空间越来越小，他的大腿上和胳膊上都被刺了一刀。

中村在圈外狂笑道，关的，你的，再不拔刀，就死啦死啦的。

关子明伸手握住了肩后的刀柄。

鬼子们忽然退潮般，纷纷向后退了十几步，个个面露恐慌。

借此机会，关子明从地上捡起一支枪，将枪刺卸了下来。

鬼子们见他没有真的拔出宝刀，复又扑了上来！

一场恶战，血肉横飞。

当最后一个鬼子兵倒下时，伤痕累累的关子明也倒了下去。

中村得意地走过来，用手枪指着他道，关，你的刀，要归我了。

一声枪响！

中村倒在了血泊中。

是藏在铁匠铺的武工队邢队长开的枪。

邢队长扶起奄奄一息的关子明,不解地问,都到了生死关头,你为什么还不拔刀?

关子明苍白的脸上掠过一丝笑容,他艰难地握住刀柄,将刀拔了出来……

竟然是锈迹斑斑的一把柳叶刀！关子明轻轻一抖腕子,刀片竟从刀柄处断了。

邢队长不解地看着他,这就是你祖传的宝刀?

关子明惨然一笑,这刀,在鞘里,是一把祖传的宝刀,能震慑敌胆;拔出来,就是一张生铁片子……所以,宝刀,只适合待在鞘里。

剃 头 店

镇子不大,却有三、五家剃头店。

镇上最大的官是镇长。镇长剃头,从不进别的店,只往隋驼子的店里跑。

镇长的头有些难剃。"头难剃"是当地人对刁钻奸猾之人的比喻。但镇长的头确实是难剃,和为人无关。

镇长是一个大脑袋,头顶坑坑洼洼的极为不平,有些坑还非常小。镇长还总喜欢剃光头,所以,他的头就很难剃,连一致公认技术一流的隋驼子,也给他划破过几次,其他几个店的剃头匠,那是断然不行的。

隋驼子自打年轻就是个驼背,人长得也极丑陋。就是这样的一个埋汰人,竟然有一个不错的女人。那女人叫玉玲,长得不是太漂亮,但身条儿极好,又会打扮,在镇街上一走,很是惹眼。

镇长的脑袋每天都要剃一次。

镇长每次来,玉玲就会殷勤地泡上一杯茶,递到镇长的手里。如果隋驼子忙着,她就陪镇长聊天。镇长脾气非常好,逢客人多时,镇长总让别人先剃,他常挂在嘴边上的一句话就是:你们先来,我不急,不急。这使很多人都感到镇长和蔼可亲,是个好镇长。镇长看玉玲的目光也非常柔和,两只眼睛总笑眯眯的。有时,玉玲给他递茶,他还会连茶杯带那只玉手一块儿接过来,双手握着,良久才松开。玉玲并不急于挣脱,也笑着看镇长,笑得极为妩媚。隋驼子对此视而不见,全神贯注地剃着客人的头。

有一天,镇长的跟班来到了理发店,对隋驼子说,驼子,你交了好运了,镇长请你去镇公所,给我们这些弟兄们挨个剃头。

隋驼子一听,咧开一张满是黄牙的大嘴笑了,他正愁这几天没有生意呢。

隋驼子收拾了他的那套家把式,就跟着来人走了。

隋驼子来到镇公所,想干活时,发现堂堂的镇公所竟然找不出一样东西来代替围裙。隋驼子虽然人丑陋,但干活却极讲究,这没有围裙可不行,那会把客人的衣服上沾满碎头发,好多天都整不干净。

隋驼子就回剃头店取围裙。

剃头店离镇公所只有一盏茶的脚程,隋驼子走得快,不消一刻就到了。

剃头店的门紧闭着,隋驼子推了推,没推动,门在里面顶着呢。隋驼子以为女人在里面睡觉,就喊,开门哪! 开门……

无人应声,隋驼子心急,怕误了镇公所的事,就一用力,把门拥开了一条缝,然后伸进去一只手,将顶门的杠子挪开,门就开了。

门一开隋驼子就看到了镇长和玉玲正在剃头用的椅子上干那事儿。隋驼子的驼背一下子直起了许多,他大喊了一声:你们——

镇长不紧不慢地系上腰带,又整理他的衣服,好像根本没看见隋驼子一样。

隋驼子直起的背又慢慢地驼了下去,两只眼睛里的火也渐渐地熄灭了。

镇长临走的时候,居然很亲热地拍了拍隋驼子的驼背。

出这事儿的第二天上午,镇长照例又来剃头了。只是,这次他带了两个兵,都扛着枪,站在剃头店的门两侧。

这次玉玲没有给镇长沏茶。隋驼子还是一如既往地给镇长洗头,敷热毛巾,然后再极小心地将他的头剃得光光的,脸也刮得干干净净。镇长非常满意,临走又拍了拍隋驼子的驼背。

以后再来,镇长就一个人来了,一切都恢复了常态。只是,每隔几天,镇长就会把隋驼子请到镇公所,给他的下属们剃头。每次去,都是到中午,镇公所的人才让隋驼子回来。

镇长和隋驼子女人的事,成了镇上公开的秘密。

但隋驼子似乎对这件事并不在意,镇长每次来,他都加着小心伺候。

镇上的人都嘲笑:这隋驼子可真是窝囊呀,戴着顶绿帽子还这么孝敬镇长。

人们笑过了,说过了,也就罢了。

很久之后,镇长忽然在一个下午死在了办公室里。镇长的尸体全身发黑,显然是中毒死的。县上派了警察来调查,他们先了解到镇长中午是在"聚义楼"酒馆吃的饭,就先把酒馆的人全部抓了起来。但后来有人证明,镇长中午是和五、六个人一起吃的饭,别人都没事,说明不是酒菜的问题。于是,警察就把中午和镇长一块儿吃饭的人全抓了起来。一番拷问,既无证据,也没人承认,这件案子就这么不了了之了。

没人注意,镇长死的当天下午,隋驼子那把用了多年,他一直视若宝贝的剃刀不见了,他手上使的,是一把新打的剃刀。

只有隋驼子的女人知道,那把老剃刀,在镇长死的那天上午,最后一次给镇长剃头时,划破了他头顶上的一点儿皮,出了几滴血。但镇长并没有因此而发火,他温和地笑笑说,没事没事。

临走,还亲热地拍了拍隋驼子的驼背。